鐵山大公
철산대공

임준후 新무협 판타지 소설

FANTASTIC ORIENTAL HEROES

철산대공 2

임준후 新무협 판타지 소설

초판 1쇄 찍은 날 § 2011년 5월 19일
초판 1쇄 펴낸 날 § 2011년 5월 26일

지은이 § 임준후
펴낸이 § 서경석

총괄팀장 § 유경화
편집책임 § 주소영
편집 § 어정원

펴낸곳 § 도서출판 청어람
등록번호 § 제1081-1-89호
등록일자 § 1999. 5. 31
어람번호 § 제2-2093호

주소 § 경기도 부천시 원미구 심곡2동 163-2 서경B/D 3F (우) 420-822
전화 § 032-656-4452팩스 § 032-656-4453
http://www.chungeoram.com
E-mail § chungeoram@chungeoram.com

ⓒ 임준후, 2011

ISBN 978-89-251-2513-8 04810
ISBN 978-89-251-2511-4 (세트)

鐵山大公
철산대공

2

임준후 新무협 판타지 소설

FANTASTIC ORIENTAL HEROES

청람
도서출판

目次

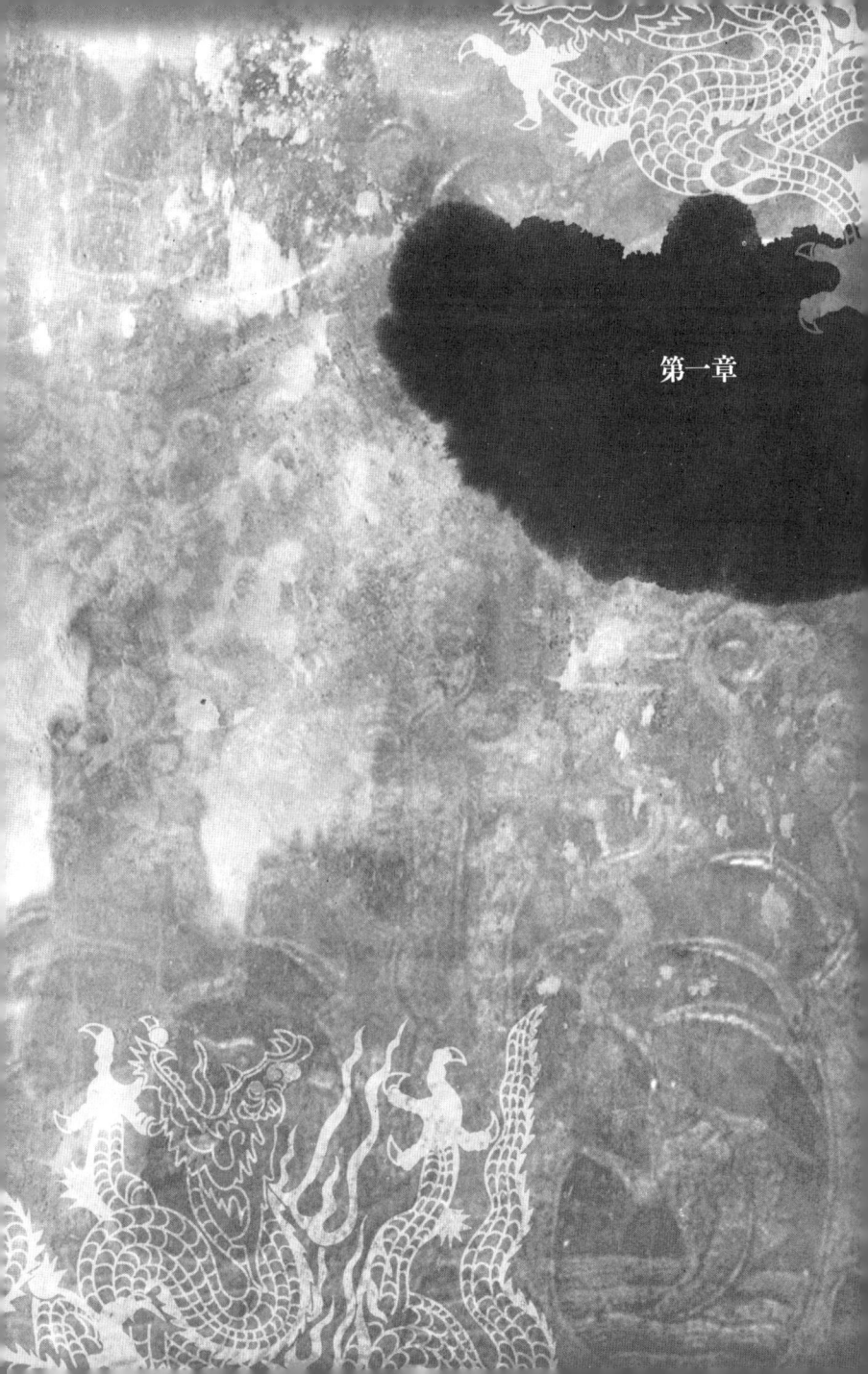

第一章

산하 일행이 있는 곳으로부터 이십여 장 떨어진 풀숲.

흥미진진한 표정으로 장내의 상황을 지켜보던 봉두난발의 괴인은 입을 헤벌리고 상체를 앞으로 내밀었다.

거한이 나타난 이후로 점점 커지던 그의 두 눈은 새처럼 허공을 날아오른 거한이 무지막지한 일권을 내지르는 것을 본후 금방이라도 튀어나올 것처럼 휘둥그레졌다.

호숫가에는 아이를 안은 거한이 다른 일행과 함께 걷고 있었다.

마을로 가는 방향이다.

괴인은 양쪽 관자놀이 태양혈을 손가락으로 문질렀다. 튀

9

어나오려던 눈이 쏙 들어갔다.

괴인의 행색은 상거지 중의 상거지였다.

흰색과 검은색, 그리고 회색이 섞인 머리카락은 허리춤까지 내려왔는데, 얼마나 오랫동안 감지 않았는지 파뿌리처럼 뒤엉켜 있었고, 입고 있는 옷은 색을 구분할 수 없는 데다 곳곳에 구멍이 숭숭 나 있었으며, 신발을 신지 않은 발은 한 치는 됨 직한 두터운 때로 덮여 있었다.

"저 자식… 뭐야? 사자후신공(獅子吼神功)에 대나이신법(大那移身法)과 능공천상제(凌空天上濟), 거기에 더해 무형백보신권(無形百步神拳)이라니? 권법은 조금 어색해 보이지만 신법은 말이 필요없을 정도가 아닌가."

중얼거리던 괴인은 뭐가 잘 풀리지 않는지 두 손으로 봉두난발의 머리카락을 쥐어뜯었다.

"으윽, 머리도 깎지 않은 놈이 소림 진산제자도 구경조차 하기 어렵다는 칠십이종절예, 그중에서도 본산 일대제자 이상이 아니면 익히는 것은 고사하고 열람하는 것마저 금지되어 있는 이십사절예에 속한 절기들을 어떻게 펼칠 수 있는 거지? 게다가 능공천상제와 대나이로 십오 장을 뛰어넘고 백보신권으로 이십오 장 떨어진 배를 후려갈길 정도의 성취…….

암만 봐도 서른은 넘지 않은 놈인 거 같은데… 너무 오래 강호를 떠나 있었더니 내 눈이 삐었나? 현재의 소림에 저런 놈을 키울 만한 인물이 있나? 법공(法空)이 키운 놈인가? 하지만

법공에게 저놈을 키울 만한 능력이 있을 거 같지는 않은
데⋯⋯. 골골하는 법공 자신도 이십오 장 너머로 권력을 보내
면 그 자리에서 겨울잠에 든 곰처럼 늘어질걸? 그럼 장생전에
처박혀 있는 늙어 죽지 못한 땡초들이 키운 놈인가?'

얼굴을 찡그린 채 고개를 갸웃거리던 괴인으로부터 시퍼
런 비수와 같은 두 개의 안광이 흘러나왔다.

"설마 그분이 키운⋯⋯? 그럴 수가 있나? 그분이 천외로 떠
나신 후 돌아오지 않은 세월이 근 사십여 년인데⋯⋯. 사람을
키울 여유가 있었다면 그분이 소림에 돌아오지 않을 이유가
없잖아? 사람 궁금해서 돌게 만드는 놈이로고."

남이 보면 딱 미친놈이라고 생각하기 좋게 중얼거리던 괴
인은 어깨를 흠칫했다.

품에 안은 아이와 이마를 마주 비비며 걷던 거한이 슬쩍 그
가 있는 곳을 돌아보았던 것이다.

괴인은 거한의 맑고 큰 눈과 마주쳤다.

거한과 괴인의 거리는 오십여 장.

'허걱, 귀도 밝은 놈일세. 생긴 것과 눈이 정말 어울리지
않는 놈이구먼. 완전 황소눈이잖아.'

입맛을 다신 괴인은 자리에서 일어났다.

그는 세사(世事)에 관심을 끊은 지 수십 년째인 사람이다.
하지만 그는 지금 자신이 본 것을 외면하면 안 된다는 기이한
예감을 느끼고 있었다.

'그런데 내가 잘못 봤나? 정기가 충만한 눈이지만 깊은 곳에 똬리를 틀고 있는 건 뭐지? 순간적으로 소름이 끼쳤는데……. 내 호기심을 자극하다니 꽤나 재미있는 놈일세.'

괴인은 누런 이를 드러내며 웃었다.

'범상한 놈이 아님은 분명하고… 머리를 기르고 소림 무공을 쓰는 놈이라……. 혹여 그분과 관계가 있는 녀석이라면? 풍운(風雲)이 일어나려는가. 하긴 흑백양도가 서로 소 닭 보듯 하며 피하기만 한 세월이 너무 길긴 했지.'

이제는 속으로만 중얼거리게 된 괴인의 두 눈이 묘한 빛을 발했다. 그리고 그의 신형이 그 자리에서 꺼지듯 사라졌다.

객잔.

산하 일행은 탁자 주위에 둘러앉았다.

연아는 엄마 품으로 돌아갔다.

돌아오는 길에 눈이 거불거불하더니 산하의 품에서 잠이 들어버렸던 것이다.

잠이 든 아이는 엄마와 같이 있어야 한다.

그렇지 않으면 깊은 잠을 자지 못하고 자주 깨니까.

방 안은 침묵이 흘렀다.

먼저 입을 열려 하는 사람이 없었다.

유청림은 손휘와 곽지상이 호숫가에 갑자기 나타난 것에 대해 궁금한 것이 많을 텐데도 오히려 입을 더 꼭 다물고만 있었다.

그녀의 시선이 향한 곳은 손휘의 텅 빈 왼쪽 어깨였다.

시간이 흐를수록 그녀의 입술은 파리하게 질려갔다. 하지만 자세는 흐트러지지 않았다.

산하는 팔짱을 낀 채 등을 의자에 기대고 있었고, 무거운 분위기를 느낀 화태건도 입만 달싹거릴 뿐 입을 열지 못했다.

침묵을 깬 사람은 곽지상이었다.

그는 이목구비가 수려한 편이었다. 하지만 눈이 조금 가늘고 양편으로 길게 찢어진데다 흰자에 실핏줄이 종횡으로 깔려 있어 살기가 짙은 인상이었다.

호숫가에서부터 객잔까지 오는 동안 하도 입술을 잘근잘근 깨물어 피가 배어 나온 입술을 연 그가 유청림에게 말했다.

"형수님……."

하지만 입을 연 그가 한 말은 그게 다였다.

그는 뒷말을 잇지 못했다.

"하아……."

길게 숨을 내쉰 유청림이 곽지상을 보았다. 그리고 시선을 손휘에게 옮기며 마침내 입술을 뗐다.

"시숙, 넉 달 전 뵈었을 때는 그리 건강하셨는데 어떻게 왼팔을 잃으신 것인지요?"

손휘는 허리를 세우고 어깨를 폈다.

이를 악문 그의 턱 선이 강해졌다.

그는 잘 단련된 육 척의 장신이었고, 시원스럽다 싶을 만큼 이목구비가 뚜렷한 미남이었다.

그는 유청림의 시선을 피하지 않았다.

"형수님, 제가 왼팔을 잃은 것은 중요한 일이 아닙니다. 한 팔이 없어도 사는 데 크게 지장이 있는 건 아니니까요."

감정을 억누르려 노력하는 기색이 그의 얼굴에 나타났다.

그럼에도 조금씩 떨리기 시작한 그의 입술은 떨림을 멈출 기색이 보이지 않았다.

그는 힘겹게 말을 이었다.

"…형수님, 형님이… 형님이… 돌아가셨습니다."

유청림의 안색이 새파랗게 질리며 상체가 넘어질 듯 흔들렸다.

놀라 얼굴빛이 하얗게 질린 화태건이 손을 내밀어 그녀를 부축하려다가 도중에 멈추었다.

자신이 끼어들 자리가 아니라는 것을 경각한 것이다.

유청림의 몸은 잠시 후 안정되었다.

그녀는 시체처럼 창백한 안색이었다. 하지만 눈빛은 강했다.

산하는 유청림의 태도를 보고 그녀가 남편 공로명의 죽음을 각오하고 있었다는 것을 깨달았다. 그리고 그녀가 형주로 가려던 진정한 이유도 동시에 알 수 있었다.

'유 낭랑이 저 손휘라는 사람을 만나려 했던 것은 연아를 맡기기 위함이었던 건가. 남편이 죽었다면 그녀도 함께 죽으려 했었나 보군.'

그가 겪은 유청림은 정이 깊고 의리가 강한 여인이었으며, 기녀였다는 것이 믿어지지 않을 만큼 천성적인 기품이 있었다.

산하는 처음 아이보다 남편과의 정리를 더 중히 여기는 듯한 그녀의 내심을 이해하기 어려웠다. 하지만 곧 그녀에게 남은 선택지가 그것밖에 없다는 것을 깨달았다.

남편 공로명이 죽었다면 집요하기 그지없는 위군양의 마수로부터 연아를 지킬 방법은 그녀가 연아의 곁을 떠나는 것뿐이었다.

그리고 위군양에게 몸을 맡길 그녀가 아니었으니 죽음 외에는 선택의 여지도 없었다.

처절하기까지 한 모성애였다.

겨드랑이 밑에 팔짱을 낀 산하의 주먹에 힘이 들어갔다.

가슴이 아파올수록 주먹에 들어간 힘은 더 강해져만 갔다.

그때 유청림이 차분하게 가라앉은 어조로 물었다.

"자초지종을… 말씀해 주세요."

탁자 위에 올려놓은 손휘의 하나뿐인 주먹에 힘이 들어갔다. 퍼런 힘줄이 손등을 뒤덮었다.

"의창으로 가시기 전에 형님이 저와 상 제를 찾아왔었습니다. 형수님도 아시는 것처럼 형님은 무모한 분이 아닙니다. 형님은 위군양을 만나 담판을 지으려 했지만 그가 어떻게 나올지 알 수 없기 때문에 대비를 하고자 하신 겁니다. 저와 상제는 형님을 도와 여러 가지 대비를 하고 의창 외곽에서 위군양을 만났습니다. 그중에 하나가 호북성 백도무림에서 명망이 있는 고수 한 분을 입회자로 모신 것이었습니다. 우리끼리 간다면 위군양은 악독한 술수를 쓰고도 남을 놈이니까요. 제아무리 막나가는 위군양이라도 그가 입회하는 한 함부로 움직일 수 없을 만큼 저희가 청한 입회자는 무게가 있는 인물이었습니다. 약속한 장소에서 위군양을 만난 형님은 그에게 형수님에 대한 추잡한 관심을 끊으라고 하셨고, 위군양은 거부했습니다. 대화는 오래가지 않았습니다. 위군양이 형님을 공격했기 때문이죠."

손휘는 당시가 생각나는 듯 가슴의 기복이 눈에 띄게 커졌다.

그가 말을 이었다.

"위군양은 우리가 데리고 갔던 입회자를 무시하고 우리를 공격했고, 그가 숨겨놓았던 수하들이 그와 동시에 우리를 쳤습니다. 형님은 그 자리에서 돌아가셨습니다. 만약을 대비해 우리는 암기와 독까지 준비해 가서 그렇게까지 상황이 악화될 수가 없었는데……."

쾅!

탁자가 부서질 듯 뒤흔들렸다.

벌떡 일어나며 불끈 쥔 두 주먹으로 탁자를 세차게 내려친 사람은 곽지상이었다.

그의 가늘게 찢어진 눈은 이글거리는 살기로 가득 차 있었다.

그가 이를 갈며 소리쳤다.

"으드득! 입회자로 데리고 갔던 그자가 뒤에서 우리를 쳤습니다. 우리는 그를 믿었던 터라 손쓸 틈도 없이……. 우리 사정을 들은 그가 순순히 입회의 청을 받아들일 때 의심했어야 하는데… 우리는 어리석게도 그것이 그의 협의심이 깊은 때문이라고 좋게만 해석했습니다. 그 때문에 형님이… 형님이… 흑흑흑."

살기가 흐르는 두 눈을 부릅뜨고 눈물을 흘리는 사내를 어찌할 수 있을까.

좌중은 침묵에 잠겼다.

마침내 격정을 더 이상 누르지 못한 유청림의 눈에서 맑은 눈물이 흘러내렸다.

표정없는 창백한 얼굴에 흐르는 눈물.

화태건의 눈에도 눈물이 흘렀다.

평정을 유지하는 사람은 산하뿐이었다.

그러나 그도 격정에 휘말리지 않았을 뿐이지 표정은 딱딱하게 굳어 있었다.

손휘가 말을 이었다.

"형님은 일단 위군양과 대화를 하고 끝까지 말이 통하지 않으면 그를 죽이고 형수님과 함께 새외로 떠나실 계획이었습니다. 하지만 후자는 가능하면 실행에 옮겨지지 않기를 바라셨죠. 숭양보와 원한을 맺으면 새외로 떠난다 해도 형수님과 질녀의 안전을 보장할 수 없으니까요. 그래서 입회자까지 두고 대화에 나섰던 것인데… 결과적으로 저희가 위군양을 경시했던 겁니다. 으드득! 저희가 살 수 있었던 것은 형님 덕분이었습니다. 그분은 죽음을 무릅쓰고 적을 막아주셨고, 저희는 그사이에 달아날 수 있었습니다. 위군양의 손에 쓰러지는 형님을 보면서도 저희는… 달아났습니다. 죄송합니다, 형수님."

유청림은 고개를 저었다.

"그럴 분이지요. 시숙께서 죄송해하실 일이 아니에요. 그렇게 살아오신 분이고, 그렇게… 행동하는 법밖에 모르시는… 분이니까요."

손휘가 고개를 끄덕였다.

"그렇… 죠. 그래서 저희도 그분을 형님으로 모시며 믿고 따랐던 것이고요."

그때까지 조용히 대화를 듣고만 있던 산하가 물었다.

"그런데 왜 숭양보의 인물들이 유 낭랑과 연아를 노린 겁니까? 지난 상황을 생각해 보면 그들은 위군양의 지시를 받는 자들이 아닌 듯싶습니다만?"

굵은 저음이 방 안을 울렸다.

손휘는 숨을 크게 들이마셔 몸의 떨림을 어느 정도 진정시켰다.

질문을 던진 사람의 진면목을 보았을 때의 놀람이 되살아났다.

놀랄 수밖에 없었다.

그의 상상을 초월한 무공을 펼친 상대는 약관도 되지 않은 청년이었으니까.

더구나 그는 목숨을 바쳐 지켜야 할 유 낭랑과 연아를 지금까지 숭양보의 마수로부터 지켜준 사람이었다.

그런 사람의 질문이다.

흥분을 가라앉힌 그의 기색이 정중해졌다.

"소협의 말씀이 맞습니다. 저들은 위군양의 지시를 받는 자들이 아니라 숭양보주인 철장 위군학의 지시를 받는 자들로, 신륜당에 속한 무사들입니다. 그리고 저들이 형수님과 연아의 주위를 감시하다가 납치를 시도한 것은 두 분이 목적이 아니라 저희를 잡기 위함이었습니다."

유청림을 비롯한 사람들의 시선이 의혹으로 물들었다.

위군학이 손휘와 곽지상을 잡으려 할 이유가 없었기 때문이다. 아마 그는 손휘와 곽지상이라는 이름도 모를 터였다. 두 사람은 강호에서 무명조차 얻지 못한 무명소졸이었으니까.

손휘가 말을 이었다.

"형님이 돌아가신 후 저와 상 제는 복수를 맹세했습니다. 그리고 그것을 실행에 옮겼습니다."

그는 눈으로 자신의 잘려 나간 왼팔을 가리켰다.

"위군양은 저희 손에 죽었습니다. 제가 왼팔을 잃은 건 그 때입니다."

그날이 떠오른 듯 손휘는 미소를 지었다.

"여염집 아녀자를 탐하여 월담하는 놈을 잡았지요."

그가 유청림을 보았다.

곽지상과 달리 눈물이 보이지 않던 그의 눈에 굵은 눈물이 흐르고 있었다.

"형수님, 그자는 저와 상 제가 능지처참했습니다. 마음 같 아서는 그자의 시신을 개 먹이로 주고 싶었지만 돌아가신 형 님이 원치 않으실 것 같아서 시신은 그대로 두었습니다. 그자 를 호위하던 자들 때문에 시간도 없었고요."

손휘는 대수롭지 않다는 듯 공로명의 사후 벌였던 자신들 의 행적을 이야기했다.

하지만 말투가 그렇다고 실제 상황이 대수롭지 않았겠는 가.

공로명의 복수를 하기 위해 그들이 얼마나 엄혹한 사선을 넘었을지는 말이 없어도 충분히 상상되었다.

산하 일행은 이제야 상황을 이해할 수 있었다.

위군학은 죽은 동생의 복수를 원하는 것이다.

원한이란 돌고 돈다는 무림의 속설이 빈말이 아니라는 것을 알게 해주는 상황이었다.

손휘의 말은 끝나지 않았다.

"지금 저희의 목숨을 노리는 것은 표면적으로는 위군학이지만 실상은 위군학과 위군양의 모친인 노태태입니다. 위군양을 만나기 전에 저희가 숭양보에 대해 조사할 때 그녀와 관련된 이야기를 들은 적이 있는데, 그녀는 성정이 특이해서 반듯한 위군학보다 엇나간 위군양을 더 아꼈다고 하더군요. 만약 그녀가 저희 둘의 목숨만 원했다면…….

손휘는 소맷자락을 들어 눈물을 닦은 후 말을 이었다.

"저희는 기꺼이 목숨을 내주었을 것입니다. 하지만 노태태는 저희 둘의 목숨만 원하는 게 아니라 형수님과 연아까지 원합니다. 위군양을 죽인 후 저와 상 제는 숭양보가 어떻게 나오는지 보기 위해 그들을 살폈습니다. 그런 와중에 노태태가 이 일을 뒤에서 지시하고 있다는 것을 알게 되었습니다. 그녀는 아직도 위군양의 장례를 치르지 않았습니다. 아들의 위패 앞에 우리 네 사람의 머리를 놓은 후에 장례를 치르겠다고 공언했다더군요."

손휘의 이야기는 끝이 났다.

유청림은 연아를 내려놓고 조용히 자리에서 일어났다. 그리고 손휘와 곽지상을 향해 대례를 올렸다.

"가가의 원한을 갚아주셨으니 삼생을 다해 갚아도 다 갚지 못할 은혜를 입었습니다."

크게 놀란 손휘와 곽지상이 벌떡 일어나 마주 절했다.

손휘가 눈물을 흘리며 무릎걸음으로 걸어와 유청림을 부축해 일으켰다.

"형수님, 어떻게 그런 말씀을 하십니까! 형님의 원수가 형수님의 원수이기만 하겠습니까! 저희의 원수이기도 합니다. 다시는 그런 말씀 하지 마십시오!"

그들을 보며 산하는 내심 길게 탄식했다.

운명은 연약한 여인에게 지나치게 가혹했다.

손휘의 부축을 받은 유청림이 다시 자리에 앉고, 손휘와 곽지상도 앉았다.

그때 고개를 돌리고 몰래 소맷자락으로 눈물을 훔친 화태건이 손휘에게 물었다.

"제가 듣기로 위군학은 광명정대한 성품으로 협객이라는 말이 어울리는 대인이라 했습니다. 소문대로라면 아무리 모친의 뜻이 강경하다 해도 이런 파렴치한 일에 부하들을 동원할 사람 같지 않은데 뜻밖입니다."

들은 얘기 중에 믿기 어려운 부분이 있다는 뜻이 내포되어 있는 말.

기분이 나쁠 수도 있는 말이었다.

하지만 손휘는 기분 나쁘다는 표정을 짓기는커녕 오히려 고개를 끄덕였다.

"소형제의 말이 맞네. 그는 협객의 풍모가 있는 사람이지. 다른 경우라면 그도 이렇게 움직이지는 않았을 걸세. 하지만 이 일의 전모가 소문난다면 강호의 사람들이 숭양보를 뭐라 할지 한번 생각해 보게."

화태건의 입이 절로 쩍 벌어졌다.

"설마… 숭양보의 명예를 지키기 위해 위군학이 살인멸구를 하려 한다는 말씀이십니까?"

손휘는 고개를 끄덕였다.

"벌어지고 있는 정황이 그렇다고 말하고 있네."

"아무리 모친이 강경하고 죽은 자가 동생이라 해도 어떻게 그런 후안무치한 짓을…… 정말 소문이란 게 믿을 바가 못 되는군요. 휴우, 그렇다면 저들이 포기할 가능성은 별로 없겠네요."

"그럴 걸세. 이번 행사를 실패한 자가 보고를 할 것이고, 그리되면 위군학은 더 강한 자들로 구성된 본격적인 척살조를 보내겠지. 우리가 형님과 함께 있는 것을 확인한 이상 빙빙 돌며 감시할 이유는 없으니까 말일세."

화태건은 걱정이 가득한 얼굴로 손휘와 곽지상, 그리고 유청림 모녀를 번갈아 보다가 결국 산하의 얼굴에서 시선을 멈췄다.

화태건은 산하를 믿었다. 그러나 한 손이 열 손을 당하기 어려운 건 병가의 상식이다.

'숭양보 전체를 상대로 싸워야 할지도 모르는 일인데……'

호숫가에서 산하는 숭양보가 유 낭랑 모녀에게 더 이상 해를 끼칠 수 없게 만들겠다고 했다.

하지만 손휘의 얘기를 듣고 나서 생각해 보니 단순히 몇 명을 징치해서 끝날 수 있는 일이 아니었다.

일을 뒤에서 조종하는 자가 숭양보주의 모친이고, 전면에 나선 자가 숭양보주인 것이다.

화태건의 시선을 느낀 듯 산하가 그를 보며 빙긋 웃었다.

크고 맑은 눈이 그를 보며 껌벅이고 있었다.

화태건의 마음이 편안해졌다.

그도 웃었다.

산하가 손휘, 곽지상에게 물었다.

"숭양보가 여러분을 포기하지 않는 한 위험은 앞으로 계속 이어질 겁니다. 어떤 식으로든 숭양보와 매듭을 지어야 하겠죠. 여러분은 무엇을 원하십니까?"

손휘는 굳은 얼굴로 산하의 시선을 받았다.

그가 말했다.

"저희가 바라는 것은 형수님과 질녀의 평온한 삶입니다. 그것을 얻을 수만 있다면 무엇이든 할 겁니다."

산하의 입술은 잠시 동안 열리지 않았다.

다른 사람들도 입을 열지 않았다. 산하는 무언가를 생각하고 있었다. 그것이 무엇이든 그들은 산하를 방해하면 안 된다고 느꼈다.

산하가 고개를 유청림에게 돌렸다.

"곽지상 소협과 이곳에 남으시겠습니까, 함께 가시겠습니까?"

난데없는 질문.

그러나 앞의 생략된 내용이 무엇인지 어렵지 않게 짐작한 유청림의 안색이 살짝 변했다.

"강 소협께서 위험을 감수하시는 건 정말 원하지 않아요. 이 일은 저와 시숙들의 일입니다."

"제 마음이 이 일은 제 일이라고 말하고 있습니다, 유 낭랑. 제가 하고 싶어서 하는 일입니다. 천하의 누구라도 이 일이 제 일이 아니라고 말할 수 없습니다."

여느 때와 다름없는 덤덤한 어투와 따스한 온기가 느껴지는 눈빛.

그러나 그 말에 깃든 의지는 듣는 이를 숨 막히게 할 정도로 강하고 굳건했다.

그가 다시 물었다.

"어떻게 하시겠습니까?"

"허락하신다면 저는 가겠습니다."

유청림의 대답은 단호했다.

산하는 잠시 생각에 잠겼다.

유청림은 무공을 모르는 여인.

싸움이 나면 방해만 될 뿐인 존재였다.

상식적으로 이런 상황이라면 유청림은 후방에 남아야 했다.

그것이 그녀도 안전하고 일을 행하는 사람들도 부담을 덜 수 있었다.

하지만 산하는 상식과는 상관이 없는 사람이다.

'유 낭랑은 죽더라도 직접 보고 싶어한다, 남편을 죽인 자들의 면면을.'

위군양은 죽었다. 그러나 공로명을 죽인 자들은 위군양만이 아니다. 그리고 추적도 계속되고 있지 않은가.

그 모든 것이 그녀의 미모 때문에 일어났다.

유청림의 가슴에 쌓인 한(恨)은 깊을 수밖에 없었다.

한(恨)은 풀어주어야 한다. 그것이 비상식적이고 극단적인 위험을 초래한다 하더라도.

산하는 그렇게 믿었다.

그리고 그는 마음이 가는 대로 움직이기로 마음을 정한 상태.

'힘… 좀 써야겠구먼.'

산하는 뒷머리를 긁적이며 빙긋 웃었다.

유청림을 응시하는 맑고 큰 눈에 부드러운 미소가 떠올랐다.

"함께 가죠. 유 낭랑과 연아가 많이 놀랐고 다들 상처도 있으니 삼 일 정도 쉬고 떠나겠습니다. 먼 길을 가야 하니 모두 푹 쉬도록 하십시오. 떠난 자들이 의창에 가서 보고할 때까지는 시간이 걸릴 테니 삼 일 안에 위험은 없을 겁니다. 손 형과 곽 형, 그리고 건아는 그동안 제가 알려주는 진법 하나를 수련하십시오. 숭양보에서 도움이 될 겁니다."

산하를 보는 손휘와 곽지상의 눈가가 파르르 떨렸다.

상대는 숭양보였다.

배후에 청천단심맹의 기둥이라는 공손세가가 버티고 있는, 호북성 내에서 열 손가락 안에 드는 거대한 문파.

그것도 흑도문파가 아닌 백도무림의 중추를 이루고 있는 문파가 아닌가.

일이 잘못 꼬이면 이번 일에 몸담은 사람들은 향후 백도무림에서 발붙일 곳이 없어질 수도 있었다. 살아남는다면.

그들이 생각할 때 이번 일이 뜻대로 끝날 가능성은 거의 전무했고, 숭양보와 싸우다가 죽을 가능성은 십 할에 가까웠다.

눈앞의 거한은 그런 위험을 감수하고 그들을 돕겠다고 하는 것이다. 일점의 망설임도 보이지 않고서.

상대가 숭양보인 이상 나 몰라라 하며 돌아선다 해도 거한을 손가락질할 수 있는 사람은 없을 터였다. 그리고 보통 사람이라면 당연히 그렇게 돌아섰을 것이다.

손휘와 곽지상은 거의 동시에 자리에서 일어나 산하를 향해 깊게 포권했다.

산하도 말없이 일어나 포권으로 그들의 예를 받았다.

일어선 그는 머리가 천장에 닿을 듯했다.

양어깨로 하늘을 떠받칠 듯 흔들림없이 서 있는 그의 모습은 그대로 하나의 철산(鐵山)이었다.

양쪽 다 말은 없었다.

가끔 사내들 사이에 말이란 그저 거추장스러운 도구에 불과할 때가 있다.

지금이 그랬다.

서로의 눈빛과 태도에서 진정을 느낄 수 있으면 그로 족한 것이다.

＊　　　＊　　　＊

호북성 의창(宜昌).

대륙의 중부 요지이자 장강변이라는 지리적 이점을 안고 있어 고래로 군사적 요충지였을 뿐만 아니라 중원의 동서남북 교류의 거점 역할을 해온 고도(古都).

숭양보는 의창 서부 외곽에 자리 잡고 있었다.

보주의 집무실.

안에 있는 사람은 단둘이었다.

한 사람은 태사의에 앉아 있는 중후한 기품의 사십대 후반 정도로 보이는 장년인이었고, 다른 한 사람은 신륜당 부당주 동만일이었다.

동만일은 고개를 들지 못하고 있었다.

젊었을 때는 대단한 미남 소리를 들었을 장년인 철장 위군 학의 안색은 먹구름이 잔뜩 낀 흐린 하늘처럼 좋지 않았다.

언제나 호탕한 웃음이 얼굴에서 떠나지 않던 그에게선 보기 어려운 표정이었다.

그가 가라앉은 어투로 말했다.

"자네가 빈말을 하지 않는 사람이라는 것을 잘 알고 있네. 하지만 지금 자네의 보고는 정말 믿기 어렵군."

동만일의 고개는 두 치 더 밑으로 떨어졌다.

직접 본 그도 자신이 헛것을 보지 않았는가 하는 혼란에 빠졌었는데 이야기만 전해 들을 수밖에 없는 위군학이 그의 얘기를 믿지 못하는 건 당연한 반응이었다.

그는 숨을 크게 들이쉬고 고개를 들었다.

실패를 한 마당이라 징계가 있을 수 있었다. 그래도 그가 겪은 일은 온전히 보고해야 했다.

그것이 그의 의무였으니까.

동만일은 입술 밖으로 흘러나오려는 한숨을 간신히 참았다.

위군학은 대협의 기질이 있는 호남아라고 외부에 알려져 있다. 하지만 그의 휘하에 있는 사람들은 그가 의심이 많고 사람을 쉽게 믿지 못한다는 것을 잘 알고 있었다.

그가 말했다.

"…믿기 어려우시리라 생각하고 있었습니다. 하지만 아직도 그의 손에 부서진 배의 선미가 그대로 남아 있고, 저와 함께 그의 무공을 본 수하들이 보 내에 있습니다. 제가 어떻게 거짓 보고를 할 수 있겠습니까. 보주님, 저는 실패의 책임이 두려워 상대의 능력을 과장하는 것이 아닙니다."

"흠……."

위군학은 보기 좋게 기른 검은 수염을 쓰다듬었다.

동만일은 강변했지만 위군학의 눈에 깃든 의심의 기색은 사라지지 않았다.

'동 부당주가 책임을 피하는 성격은 아닌데… 그렇다고 그의 말을 다 믿으면 사람들이 나를 자라라고 욕할 거야. 말이 되어야 믿든 말든 하지. 십오 장을 날아올라 이십오 장 너머로 권력을 쏟으며 그 힘으로 일 장 반경을 파괴시키는 고수라니… 그걸 어떻게 믿을 수 있나. 사안이 중하니 부풀려 보고하는 것일 가능성이 크다.'

위군학의 눈매가 슬며시 일그러졌다. 동만일을 내려다보는 눈길이 쏘는 듯 매서웠다. 그러나 동만일은 고개를 숙이고 있던 탓에 그것을 보지 못했다.

'그런 무공을 펼치는 자라면 가히 당세에 드문 초강의 고수라고 보아야 한다. 동 부당주는 그자의 나이가 삼십이 되어 보이지 않는다고 했다. 그 나이에 그런 무공을 익힌 고수가 있다는 말은 아직까지 들어본 적이 없어. 그런 자를 키울 만한 고수라면 신주육천공과 천중구마존 정도뿐이야. 하지만 그들의 후예 중에 그자와 인상착의가 비슷한 자가 있다는 얘기는 듣지 못했다. 숨겨놓은 후인이 있을 수도 있지만, 그런 자라면 유청림과 같은 보잘것없는 여자의 일에 한손을 거들 리가 없지. 하지만 동 부당주가 부풀렸다 해도 그자가 상당한 고수라는 것은 사실일 것이다. 그렇지 않다면 동 부당주가 임무를 포기하고 돌아오지는 않았을 터.'

위군학은 머리가 아파왔다.

그가 동만일에게 물었다.

"동 부당주, 옥화산 밑에서부터 그자의 종적이 발견되었다고 했지?"

"그렇습니다."

"옥화산에 혹시 은거한 전대의 기인이사가 살고 있는지는 알아보았는가?"

동만일은 지체없이 고개를 끄덕이며 대답했다.

"물론입니다. 그가 강서칠흉을 쓰러뜨린 직후 바로 하오문에 의뢰해서 그의 뒷조사를 했으니까요. 옥화산에는 주목할 만한 고수가 없었습니다. 고작해야 녹림칠십이채에도 들지 못하는 옥화산채라는 중급 규모의 산적 무리가 하나 있을 뿐이었습니다."

위군학의 눈썹이 꿈틀거렸다.

철탑을 연상시킬 정도로 덩치가 좋다는 거한의 정체를 추정할 단서가 없는 것이다.

그는 관자놀이를 손가락으로 문질렀다.

유청림 모녀, 그리고 손휘와 곽지상에 대한 일은 숭양보 내에서도 아는 사람이 열 명도 채 되지 않을 만큼 극비리에 진행되고 있었다. 그리고 외부인 중에 이 일을 아는 자는 단 한 명에 불과했다. 그만큼 보안은 철저했다.

그가 말했다.

"그런 고수가 하늘에서 뚝 떨어졌을 리는 없네. 하오문에 다시 의뢰를 하게. 돈은 얼마가 들어도 좋으니 그자에 대해 좀 더 정확하고 많은 정보를 얻어보게. 그자와 유청림의 행로를 놓치지 않도록 조치하도록 하고. 신륜당 무사 전원에 대한 지휘권을 주겠네. 앞선 자네의 실수에 대해서는 이번 일이 끝나고 나서 논하겠네. 이번에는 실수하지 말게."

"알겠습니다, 보주님."

대답하며 고개를 숙이는 동만일의 얼굴이 묘했다.

기쁨과 실망스러운 기색이 뒤엉킨 표정이었다.

위군학은 그를 믿어주었고, 실패의 책임도 뒤로 미루었다.

기쁜 일이었다.

하지만 그로 인해 그는 이번 일이 끝날 때까지 발을 뺄 수가 없게 되었다.

실망스러운 일이 아닐 수 없었다.

'다시 그 거한을 보고 싶지 않은데…….'

그를 떠올리는 것만으로도 동만일의 등골은 식은땀으로 축축하게 젖어 있었다.

동만일이 집무실을 나간 후 위군학은 태사의 오른쪽에 달린 금줄을 당겼다.

곧 기도가 출중한 젊은 무사 한 명이 집무실로 들어와 명을 기다렸다.

"일륜당주와 월륜당주를 불러라."

"알겠습니다."

혼자가 된 위군학은 태사의에 몸을 깊이 묻었다.

'두 당주라면 만약에 있을지 모르는 불상사를 충분히 대비하면서 유청림 일행을 제거할 수 있을 것이다. 동만일의 역량은 괜찮은 편이지만 무공 분야는 아직 부족해서 전적으로 신뢰할 수 없다. 실수가 있어서는 안 돼. 무슨 일이 있어도 그들을 죽여야 한다, 그것도 최대한 빨리. 그래야 일의 전모가 외부에 새어나가지 않는다. 시간을 끄는 건 좋지 않다.'

피곤한 기색이 그의 눈가에 떠올랐다.

그는 어지간한 일로는 육체의 피로를 느끼지 않는다는 절정지경의 고수다. 별달리 힘든 일도 하지 않은 지금 피로를 느낄 이유는 없었다.

그가 느끼는 피로는 복잡한 마음에서 왔다.

그의 마음은 걱정으로 가득 차 있었다.

그는 거한이 설령 동만일이 말한 대로 초절정고수라 해도 두렵지 않고 걱정스럽지도 않았다.

그 자신이 호북성에서 손에 꼽힐 만한 절정의 고수인데다 숭양보는 초절정고수 한 명을 두려워할 이유가 없는 강력한 무력을 보유한 문파였으니까.

위군학이 걱정하는 것은 이 일이 소문나는 것이었다.

강자가 끼어들면 일이 커지고, 일이 커지면 사람들의 주목을 끌게 된다.

사람들이 주목하면 일의 내막이 알려질 수도 있었다.

내막이 알려지면 공손세가 내에서 숭양보의 지위가 흔들리게 될 건 불을 보듯 뻔한 일이었다.

일백여 년 동안 숭양보와 경쟁해 온 공손세가의 다른 두 지파가 이런 약점을 멍청하게 지켜보고만 있을 리가 없었기 때문이다.

당대의 공손세가주는 성정이 극히 오만한데다 결벽증이 있었다. 그는 자신의 주변에 추잡한 소문을 달고 다니는 사람을 그냥 내버려 둘 인물이 아니었다.

위군학은 그것을 걱정하고 있는 것이다.

'군양아, 너는 죽어서도 내 속을 썩이는구나. 계집 하나 데

34

리고 오는 일도 제대로 못하고 살해당하다니, 네가 내 동생이라는 게 수치스럽다.'

그의 두 눈은 깊고 스산했다. 대협의 풍모를 지녔다고 알려진 사람의 눈에서 볼 수 있으리라고는 생각하기 어려운 눈빛이었다.

그와 위군양의 관계는 소문과는 다른 부분이 많았다. 하지만 그것을 아는 사람은 세상에 단 셋, 그와 위군양, 그리고 노태태뿐이었다.

호북성 사람들에게 위군양이 삐뚤어진 것은 그의 속이 좁아 세인의 관심과 보의 모든 것이 위군학에게 집중되는 것을 견디지 못했기 때문이라고 알려져 있었다.

그는 하는 짓마다 파렴치의 극치였고, 벌이는 일이라고는 위군학과 숭양보의 명예에 똥칠을 하는 것들뿐이었다.

사람들은 위군양의 행적을 보며 위군학이 그와 사이가 좋지 않은 것을 당연하게 생각했다. 그래서 위군양이 누군가에게 죽임을 당했다는 것을 아는 극소수의 인물들은 위군학이 속으로 만세를 불렀을 거라 여겼다.

그리 생각한 것은 숭양보 내부 인물들도 마찬가지였다.

위군학이 동생의 복수를 해야겠다고 말했을 때 동만일을 비롯한 숭양보의 요인들은 위군학을 동정했다.

그의 속마음이 어떻든 위군학은 개인이 아니라 숭양보라는 세력의 수장이었다.

혈육이 죽었는데도 모른 체한다면 누가 그를 믿고 따르려 하겠는가. 게다가 위군양을 눈에 넣어도 아프지 않을 정도로 사랑했던 노태태의 분노가 하늘을 찌른다고 알려지지 않았는가.

사정을 아는 사람들은 진심으로 위군학을 동정했다.

'그놈이 어떻게 죽었는지 내막을 숨기기 위해 얼마나 공을 들였는지를 생각하면 지금도 이가 갈린다. 군양이는 입이 가벼웠다. 유청림이 사정을 알고 있을지도 몰라. 만분지 일의 가능성이라도 있다면 제거해야 한다. 그 계집의 입을 막아야만 해.'

위군학이 속으로 중얼거리는 말 속엔 묘한 여운이 담겨 있었다.

그의 눈빛이 살기에 젖어들었다.

第二章

鐵山
大公
철산
대공

저녁을 먹은 후 산하 일행은 화태건의 제의로 산하의 객방에 모였다.

시간이 지날수록 긴장의 파고가 높아질 수밖에 없는 터라 방 안의 분위기는 진중했다.

산하와 연아는 물론 예외였다.

산하는 무릎 위에 누워 잠든 연아를 보듬어 안은 채 무덤덤한 얼굴로 눈을 감고 있었다. 언뜻 보아서는 연아처럼 잠이 들지 않았나 생각될 정도였다.

화태건은 산하를 일단 무시했다.

그는 일행을 돌아보며 말했다.

"숭양보는 의창의 무림계를 근 백여 년 동안 장악한 저력을 가진 문파입니다. 우리가 의창에 들어서자마자 저들이 알게 될 거라 생각합니다."

손휘와 곽지상은 고개를 끄덕였다.

그들은 의형인 공로명의 복수를 하기 위해 숭양보를 조사한 적이 있었기에 누구보다도 숭양보의 저력을 잘 알았다.

손휘가 말을 받았다.

"화 아우의 말이 맞아. 적어도 의창에서 숭양보의 정보망은 개방에 못지않으니까."

화태건은 심각한 얼굴로 손휘를 마주 보았다.

"손 형님은 우리가 의창에 도착했을 때 저들이 어떤 식으로 나오리라 생각하십니까?"

"예상하기 어렵다."

손휘는 무거운 안색으로 말을 이었다.

"의창에서 저들이 손쓸 수 있는 방법은 제한이 없다고 생각하고 대비해야 해. 다른 곳에서는 저들도 명분과 체면을 고려하겠지만 의창에서라면 거칠 것이 없어. 어떤 극악한 수법을 사용한다 해도 그것을 무마할 수 있는 충분한 힘을 갖고 있다."

화태건은 슬며시 산하의 눈치를 살폈다.

의욕은 넘쳤지만 현실은 꽉 막힌 골목처럼 답답했다.

숭양보는 막강하기 이를 데 없는 전통의 무파였고, 그들은 무공을 전혀 모르는 여인과 아이가 포함된, 고작 여섯 명뿐이었다.

상식적으로 그들의 힘만으로 숭양보를, 더구나 보주인 위군학을 어찌한다는 건 불가능하다고 해야 옳았다.

산하가 없었다면 아마 위군학의 얼굴을 멀리서 보는 것조차 기대할 수 없는 일일 터였다.

결론은 산하였다.

그가 일행이 어떻게 행동할 것인지 그 방향을 정해주어야 했다. 그러나 산하는 눈을 뜨지 않았다.

화태건은 산하에게서 시선을 거두었다.

산하가 어떻게 움직일지 말을 해줄 때까지 기다리고만 있을 수는 없었다.

그가 말했다.

"저는 위군학이 움직이기 전에 우리가 먼저 움직여야 하지 않을까 싶습니다."

"우리가 먼저?"

손휘와 곽지상이 어리둥절한 표정으로 되물었다.

화태건은 고개를 끄덕이며 대답했다.

"예, 지금까지 손 형님과 유 낭랑을 상대해 온 방식을 생각하면 저들은 은밀하게 우리를 제거하려 할 겁니다. 그걸 기다리고 있을 수는 없죠. 저는 우리가 왜 의창에 가는지 소문을 내야 한다고 생각합니다. 그것도 가능한 빠르고 넓게 말이죠."

그의 말이 무엇을 의미하는지 깨달은 손휘와 곽지상이 무릎을 쳤다.

곽지상이 크게 말했다.

"주목을 받아야 한다는 말이로구나!"

"그렇습니다. 사람들의 이목이 우리에게 집중되어 있으면 저들도 함부로 움직이지 못할 테니까요."

손휘의 얼굴이 밝아졌다.

"좋은 생각이다. 소문이 먹히기만 한다면 그들은 암습은커녕 오히려 우리가 누군가의 암습에 당하지 않도록 보호해야 되겠지. 만약 우리가 공격당한다면 그들이 가장 먼저 의심받게 될 테니까 말이다. 생각대로만 된다면 위군학은 뒤통수를 세게 맞는 격이 될 거야. 쥐에게 코를 물린 거나 다름없는 일이니까."

그때, 산하가 눈을 떴다.

그는 큰 눈을 껌벅이며 화태건을 보았다.

"건아."

좌중이 조용해졌다.

화태건은 산하에게 고개를 돌렸다.

"예, 대형."

손휘, 곽지상과 호형호제하게 되면서 화태건이 산하를 부르는 명칭은 대형이 되었다.

산하는 빙긋 웃었다. 화태건을 보는 산하의 눈에는 기특하다는 빛이 담겨 있었다.

"나쁘지 않다. 그런데 소문을 어떻게 낼지 방법은 생각해보았냐?"

화태건은 뒷머리를 긁적였다.

"그건… 정보를 팔고 사는 조직에 의뢰를 할까 생각 중입니다."

"의창에서 숭양보와 척을 지려는 조직이 있을까?"

화태건의 눈 밑에 그늘이 졌다.

산하는 그가 해답을 찾지 못한 문제의 정곡을 찔렀다.

숭양보의 눈 밖에 나면 의뢰 한 건 처리하고 의창을 떠나야 하거나 잘못하면 조직이 붕괴될 수도 있었다.

숭양보를 개의치 않을 정도의 정보 조직이라면 몰라도 군소 규모의 정보 조직이라면 의뢰비가 아무리 많아도 나설 리가 없었다. 그리고 의창에서 숭양보와 척을 지고도 멀쩡할 정보 조직은 몇 되지 않았다.

화태건이 말했다.

"개방이나 하오문, 열락궁 정도의 문파라면 숭양보와 척을 져도 뒷감당을 할 수 있을 겁니다만… 그들이 과연 우리의 의뢰를 받아줄지는 확신할 수 없습니다."

손휘와 곽지상의 안색도 어두워졌다.

화태건이 언급한 문파들은 정보를 사고파는 분야에서 중

원무림 최고로 꼽히는 문파들이었다. 그러나 그들이 의뢰 한 건의 처리 결과가 숭양보와 척을 질 수밖에 없는 이런 일을 받아들일 가능성은 극히 적었다.

숭양보의 뒤에는 공손세가가 있고, 그 뒤에는 당세의 정파 무림을 좌우하는 청천단심맹이 버티고 있었다. 누구라도 쉽게 나설 수 없는 일이었다.

"하오문이라……."

낮게 중얼거리며 무언가 곰곰이 생각하는 듯하던 산하가 화태건에게 말했다.

"그 문제는 내가 어떻게 해볼 수 있을 것 같다. 건아."

"예."

"유 낭랑이 겪은 일을 종이에 써봐라."

뜬금없는 지시다.

하지만 화태건은 이유도 묻지 않고 구르듯이 밖으로 튀어 나가 문방사우를 사왔다.

그는 먹을 진득하게 갈아서는 공로명과 유청림 부부의 일을 화선지에 일필휘지로 써 내려갔다.

"다 썼습니다, 대형."

산하는 먹물이 마르지 않은 화선지 위로 부채질하듯 손을 두어 번 휘저었다.

물기가 단숨에 증발한 먹물은 가뭄 든 논바닥처럼 바짝 말랐다.

그동안 꽤나 단련된 일행이라 산하의 일수에 놀란 사람은 없었다.

산하는 연아를 유청림에게 건네주고 화선지를 둘둘 말아 품에 쑤셔 넣고는 자리에서 일어섰다.

갑작스런 운신이어서 화태건과 손휘 등은 산하를 멀건이 올려다보았다.

"배고프다. 객잔에 가서 참이나 먹고 와야겠다."

화태건은 입을 헤벌렸다.

그가 말했다.

"대형, 식사하신 지 이제 반 시진도 지나지 않았는데요?"

"그래도 배고파."

산하는 덤덤하게 말한 후 문을 열고 밖으로 나가 버렸다.

망설임없는 큰 걸음.

화선지부터 배고프다는 말까지 영문을 알 수 없는 행동의 연속이라 사람들은 서로의 얼굴만 바라볼 뿐 일시지간 아무말도 하지 못했다. 산하의 속내를 짐작조차 할 수 없었기 때문이다.

객잔은 전면에 삼 층의 객잔 건물이 있고 그 뒤에 후원을 품은 객방 건물이 자리 잡은 구조였다.

산하는 후원을 가로질러 객잔으로 갔다.

저녁 시간이라 일층은 손님으로 가득 차 있었다. 빈자리를 찾지 못한 그는 힐끗 일층을 한 번 둘러보고 이층으로 올라갔다. 그들이 머물고 있는 객잔은 층을 오를 때마다 식대가 삼 할씩 비싸진다. 그래서인지 이층 좌석의 절반 정도는 비어 있었다.

창가의 자리는 꽉 차서 빈자리가 없었다. 이리저리 장내를 둘러보던 산하는 구석에 나 있는 자리로 갔다.

사실 어느 자리든 상관은 없었다. 그저 다른 사람의 눈에 쉽게 뜨이지 않을 자리면 족했다.

자리에 앉자마자 얼굴에 주근깨가 깨알처럼 박힌 십팔구 세가량의 점소이가 다가왔다.

그는 웃으며 산하에게 말했다.

"술 잡수시려고요?"

점소이는 산하가 일행과 함께 저녁을 먹고 간 것을 기억하고 있었다. 기억을 못하는 건 차라리 불가능했다. 웅장한 철 탑과도 같은 저 몸을 어떻게 잊을 수 있겠는가.

산하는 고개를 저었다.

"술은 됐고, 차를 마시고 싶다."

말을 하며 산하는 허리춤에서 크기 두 치 반 정도 되는 작은 철패를 꺼내어 아무렇게나 탁자 위에 올려놓았다.

무심코 산하의 손을 따라 철패에 시선이 간 점소이의 눈에 경악의 빛이 떠올랐다. 그는 자신의 놀란 기색에 더 놀란 듯 다급하게 고개를 푹 숙였다.

"알… 알겠습니다요, 손님."

조금 더듬거리는 음성으로 대답한 그는 주방을 향해 잰걸음을 했다.

산하는 철패를 손으로 덮었다.

'뭐야, 이거? 파릉 형님이 주시며 하신 말씀에 기대를 걸긴 했지만 이게 정말 내 생각처럼 하오문과 관련이 있는 건가? 아무리 그렇다 해도 내놓자마자 아는 기색이라니……'

손을 당겨 무릎 위에 놓은 산하는 손바닥을 뒤집었다.

하오지우(河汚之友)라는 괴발개발의 글자가 새겨진 철패는 옥화산을 떠나던 날 장파릉이 그에게 주었던 물건이다.

사흘 후.

가장 상처가 심했던 화태건이 어느 정도 기력을 회복하자 산하 일행은 홍호에서 의창으로 가는 배를 탔다. 배는 의창으로 가는 표국의 상선이었는데 마침 선실이 몇 개 비어 있어 그중 두 개를 어렵지 않게 구할 수 있었다.

화물이라고 해야 쌀과 포목 등이어서 특별히 외인의 접근을 차단하지 않아도 되었고, 이런 경우 빈 선실에 손님을 받아 그 운임을 표사들의 용돈으로 쓰는 건 관행적으로 이루어지는 일이기도 했다.

항로는 편안했다.

날씨는 화창했고, 바람은 선선했으며, 일행의 분위기는 화기애애했다.

마치 의창에서 어떤 일이 기다리고 있는지 전혀 모르는 사람들만 같았다.

선실 두 개 중 하나는 유청림 모녀가 썼고, 다른 하나는 산하를 비롯한 사내들이 썼다.

선실 안.

한 자가량 되는 단검의 날을 조심스럽게 손질하던 곽지상이 침상에 누운 채로 책을 보고 있는 화태건에게 고개를 돌렸다.

"무슨 책이냐?"

"주역이요."

화태건은 책에서 눈을 떼지 않고 대답했다.

그의 손에 들린 책자는 두 치는 됨 직하게 두꺼웠다. 배를 타기 전 고서점에서 구한 책이다.

곽지상은 책과는 인연이 없는 사람이지만 주역이 어떤 책인지는 안다.

주역은 고전 중에서도 난해하기로 첫손에 꼽히는 책이다. 침상에 배를 깔고 누워 볼 책이 아니었다.

"그 자세로 보면서 주역이 머리에 들어와?"

"그럼요."

화태건의 대답은 시원시원했다.

곽지상은 싱긋 웃었다.

화태건과 곽지상은 요 며칠 사이 스스럼없이 대화를 나눌 수 있을 정도로 친해졌다.

곽지상은 말수가 적고 날카로운 성격이라 솔직하고 활달한 화태건과 잘 어울리지 못할 것 같았지만 결과는 오히려 반대였다.

화태건과 책을 번갈아 보던 그가 불쑥 입을 열었다.

"네가 했던 제안에 대해 강 소협이 손을 써볼 수 있을 것 같다고 하셨는데 그 이후로 일언반구 말씀이 없다. 신경을 쓰시는 거 같지도 않고. 너 혹시 그에 대해 아는 거 있냐?"

화태건은 고개를 저었다.

"몰라요, 전혀. 제게도 아무 말씀 없으셨어요."

모른다고 하면서도 그는 걱정하는 기색을 보이지 않았다. 산하에 대한 그의 믿음은 거의 종교적인 수준으로 승화되는 중이라 할 수 있었다.

"흠, 도통 속을 알 수 없는 분이니……. 어쨌든 그건 강 소협을 믿을 수밖에 없겠지. 그건 그렇고, 강 소협은 의창행이 전혀 걱정되지 않는 것 같아. 대단한 고수시라는 건 알지만 강호는 무공만으로 만사가 해결되지 않는데……. 더구나 상대는 숭양보잖아. 어느 정도의 긴장은 필요하지 않을까?"

그의 나이는 스물셋. 산하보다 네 살이 많았다. 하지만 그는 산하에게 극존칭을 썼다.

산하를 언급할 때마다 그의 얼굴에 드러나는 기색은 경외의 빛. 그가 극존칭을 쓰는 이유였다.

49

"하하!"

화태건은 책을 내려놓고 상체를 일으켜 앉으며 유쾌하게 웃었다.

난데없는 웃음에 진지하게 말을 한 곽지상의 얼굴이 어색해졌다.

"왜 웃냐, 인마!"

"곽 형님이 웃기는 말을 하니까 웃죠."

"뭐가 웃겨? 나는 심각하다구."

"산하 형님은 아마 긴장이라는 말이 무슨 뜻인지도 모를 거예요. 신경이 고래 힘줄보다 더 굵은 분이니까요. 아마 하늘에서 날벼락이 그분 정수리로 떨어져도 눈 하나 깜박하지 않을 걸요? 그러니까 그분한테 그런 거 기대하지 마세요. 후후후."

곽지상은 입맛이 쓰다는 표정을 지었다. 산하의 거구를 떠올리자 화태건의 말이 온전히 이해가 되었기 때문이다. 산하가 긴장하는 모습은 아무래도 상상이 잘되지 않았다.

그는 고개를 절레절레 저으며 피식 웃었다.

"후후, 그도 그렇다. 하지만 그분이야 그럴 만한 능력을 가진 분이시니까 이해한다 쳐도 너는 왜 긴장하지 않는 거냐?"

화태건이 눈을 동그랗게 뜨며 손가락으로 자신의 가슴을 가리켰다.

"저요?"

"그래, 인마."

화태건은 어깨를 으쓱했다.

"산하 형님이 옆에 계시잖아요."

당연하다는 말투.

곽지상은 어이없다는 듯 멍한 얼굴이 되었다.

그가 말했다.

"사내놈이 되어가지고 다른 사람한테 그렇게 기대는 거 별로 좋지 않다."

화태건은 어색하게 웃으며 뒷머리를 긁적거렸다. 산하를 만난 뒤로 생긴 그의 습관이다.

"곽 형님 말씀이 옳아요. 저도 압니다."

침상 위에 책상다리를 하고 앉은 화태건의 안색이 시무룩해졌다. 하지만 그 표정은 곧 사라졌다. 그는 허리를 곧게 폈다. 눈빛이 강해졌다.

그가 말했다.

"곽 형님이 무슨 얘기를 하고 싶어하는지 잘 알지만 어차피 무공 방면으로는 제가 백 번을 죽었다 깨어나도 산하 형님에게 도움이 되기는 어려워요. 그분은 남의 도움을 필요로 하는 분도 아닐뿐더러 무공에 대한 자질과 성취 자체가 근본부터 저와는 천지 차이니까요. 이건 태어날 때부터 불공평했던 거라 제가 어떻게 할 수 없어요. 쩝, 하늘을 원망해야 할 일이죠. 하지만 머리 쓰는 쪽이라면 저도 산하 형님에게 도움이 될 수 있지 않을까 생각해요."

화태건은 손가락으로 자신의 이마를 짚었다.

"지금이야 머리 쪽도 별 볼일 없지만 나중에는 저도 그분에게 도움이 되는 사람이 될 거예요. 그런 사람이 되기 위해서 정말 노력할 생각이거든요."

손을 내린 그는 멋쩍은 표정으로 어깨를 으쓱했다.

"그때까지는 산하 형님한테 좀 빌붙을 생각입니다. 물론 무공 쪽도 최선을 다해서 수련할 생각이고요. 도움을 기대할 만한 사람이 되지 못하는 건 어쩔 수 없어도 부담스런 사람이 되어서는 안 된다는 거, 저도 잘 알거든요."

곽지상의 눈이 가늘어졌다.

산하와 어울리며 입성이 조금 험해지긴 했지만 화태건은 한눈에 보아도 곱게 자란 티가 역력하게 나는 귀공자였다. 게다가 열일곱밖에 되지 않은 나이다.

그가 살아오며 경험한 화태건 또래의 귀공자들은 쓸데없이 자존심이 강했고 자기중심적이었다. 그들은 세상이 얼마나 살벌한지 알지 못했고, 자신을 중심으로 세상이 돌아가지 않으면 견디지 못했다.

그들에 비하면 화태건은 꽤나 철이 들어 있었다.

곽지상은 싱긋 웃고는 입을 다물었다.

그는 화태건이 아무 생각 없이 그저 산하의 그늘에 숨어 세월만 보내는 소년이 아니라는 걸 분명하게 확인한 것이 만족

스러웠다.

*   *   *

　백의와 흑의를 입고 있어 뚜렷하게 대비되는 분위기의 중년인 두 사람의 눈엔 곤혹스러운 기색이 가득했다.

　백의중년인, 숭양보의 일류당을 책임지고 있는 문천영이 말했다.

　"우 당주, 그들 일행이 분명 장강표국의 배를 탄 것이 맞습니까?"

　흑의중년인 월류당주 우번각이 고개를 끄덕였다.

　"배가 들른 마을 두 곳에서 수하들이 육안으로 재차 확인까지 한 일입니다."

　"손을 쓰기 곤란하게 되었구려. 장강표국이 속한 호북상단은 공손세가의 영향력하에 있는 상단인데……."

　숭양보의 서열상 일류당은 월류당의 위다.

　우번각이 말을 받았다.

　"그들이 배를 타고 있을 때 일을 벌일 수는 없습니다. 그렇게 되면 공손세가가 이번 일을 알게 되는 데 며칠도 걸리지 않을 테니까요."

　"천상 배에서 내린 뒤에 손을 쓸 수밖에 없다는 말이구려. 그러나 저 배의 목적지는 의창. 보주님께서 진노하실 모습이

53

눈에 선합니다."

"그래도 보고할 수밖에요."

두 사람의 입술 사이로 동시에 한숨이 흘러나왔다.

*   *   *

배의 후미 갑판.

노을빛에 물든 양쪽 강변은 기암괴석과 숲이 어우러져 절경을 이루고 있었다.

"멧돼지 아저씨, 바람이 자꾸 머리카락을 눈에 집어넣어. 힝."

가슴 앞까지 직각으로 구부린 산하의 왼쪽 팔뚝에 작은 엉덩이를 붙이고 앉아 있던 연아가 고개를 뒤로 젖혀 산하를 올려다보며 말했다.

산하는 웃으며 연아를 내려다보았다.

복숭아 빛으로 물든 뺨이 토실토실해서 인형처럼 귀여운 아이가 그의 품에 등을 기대고 앉아 밤하늘의 별처럼 빛나는 눈으로 자신을 보고 있었다.

그는 커다란 손을 들어 연아의 앞머리를 뒤로 쓸어 넘겨주었다. 그리고 말없이 오른손 주먹을 들더니 연아의 앞쪽에 슬쩍 정권을 한번 먹였다.

펑!

연아의 정면 석 자 앞 공간이 일렁이며 찌그러들다가 작은 소리와 함께 터져 나갔다.

세찬 바람의 파편이 기겁하며 사방으로 날아갔다.

산하의 일권은 단순했지만 그 안에 들어 있는 무공의 이치는 초상승의 것이었다.

느린 속도로 움직이며 공간을 압축시키고 또 그것을 일정 지점에서 폭발시킬 뿐만 아니라 부채꼴 형태를 이룬 폭발의 방향을 외부로 한정시키는 건 범상한 무인은 꿈도 꿀 수 없는 경지였다.

무림인이 보았다면 대경실색했을 광경. 그러나 연아는 전혀 놀라지 않았다. 오히려 당연하다는 듯 득의양양한 기색이었다.

주먹을 거둬들인 산하가 말했다.

"나쁜 바람 녀석, 지금은 저거 쫓아가는 것보다 강하고 주변 구경하며 노는 게 더 재밌으니까 나중에 뭍에 내리면 내가 쫓아가서 혼내주마."

바람의 신 풍백(風伯)이 들었다면 기가 차서 웃지도 못했을 흰소리다.

"응. 헤헤."

그러나 연아는 말도 안 되는 산하의 대답이 정말 마음에 든 듯 고개를 힘차게 끄덕이며 웃었다.

연아에게 산하는 하지 못할 일이 없는 만능자였다. 그가 그렇게 하겠다면 그것은 당연히 이루어질 수밖에 없는 일인 것이다.

서너 걸음 떨어진 옆에서 산하와 연아가 엉뚱한 대화를 나누는 것을 보고 있는 유청림과 손휘의 입가에도 미소가 떠나지 않았다.

한가롭게 풍광을 즐기고 있는 그들을 향해 중년인 한 명이 걸어왔다.

그는 얼굴이 딱딱하게 굳어 있었다.

중년인의 기색이 평소와 다름을 알아차린 손휘의 얼굴에 긴장된 기색이 떠올랐다.

중년인 여일운은 그들에게 선실을 마련해 준 인물로, 이 배를 소유하고 있는 장강표국 소속의 열 명의 표두 중 한 명이었다.

장강표국은 강북삼대상단 가운데 하나인 호북상단 소속으로, 호남성 내에서 세 손가락 안에 드는 대형 표국이었다.

표국의 총 인원이 삼백여 명에 달하는 곳에서 십대표두 안에 들 정도이니 여일운의 무공은 당연히 상당한 수준이었다. 그리고 일행이 그동안 겪은 여일운은 성격이 호탕하고 대범해서 어지간한 일에는 긴장 같은 걸 할 사람이 아니었다.

손휘는 한 걸음 앞으로 나섰다.

여일운과 그의 눈이 마주쳤다.

장강표국의 사람들은 산하 일행의 지휘자가 손휘라고 여

겼다. 손휘의 나이가 가장 많았고, 결정해야 할 일이 있으면 그가 결정을 하는 걸 보아왔기 때문이다. 여일운도 마찬가지였다.

여일운이 손휘에게 말했다.

"손 소협, 물어볼 일이 있어 왔소."

"말씀하십시오."

여일운은 잠시 망설이는 기색을 보이다가 어렵사리 말문을 열었다.

"혹 장강수로채와 무슨 은원이 있소?"

"……."

손휘는 어리둥절한 얼굴로 일시지간 대답을 하지 못했다. 난데없이 장강수로연맹을 언급하는 여일운의 의도가 무엇인지 감이 잡히지 않았던 것이다.

손휘의 얼굴에 떠오른 기색에서 자신의 짐작이 틀렸다는 것을 깨달은 여일운은 눈살을 잔뜩 찌푸렸다.

"흠, 이해할 수가 없군."

나직하게 혼잣말을 중얼거린 그가 손휘에게 말했다.

"방금 전 인근에 있는 호북상단의 분타에서 전서구를 보내왔소. 십여 리 후방에서 장강수로채의 배 두 척이 이 배를 추적하고 있다는 내용이었소. 그런데 본 표국은 장강수로채와 평소 얼굴을 붉힌 적이 없어서 그들이 우리를 추적할 이유가 없소이다. 해서 나는 손 소협 일행이 수로채와 문제가 있는

게 아닌가 생각했는데… 손 소협 일행도 아니라면 그들이 대체 왜 우리 배를?'

마땅한 답이 떠오르지 않는 듯 여일운의 미간에 파인 골이 점점 깊어졌다.

손휘와 유청림도 걱정스러운 기색을 숨기지 못했다.

장강수로채는 백 년이 넘는 전통을 가진 수적들의 집단으로 당대에 이르러서는 단심맹과 마천루도 함부로 하지 못할 정도의 성세를 자랑하는 장강의 지배자였다.

그때였다.

팔뚝에 앉혔던 연아를 번쩍 들어 목말을 태운 산하가 불쑥 말했다.

"그들이 쫓는 건 표국도, 우리도 아닐 겁니다."

손휘와 여일운의 눈이 동시에 산하를 향했다. 그와 함께 손휘가 한 걸음 뒤로 물러섰다.

여일운의 눈빛이 살짝 변했다.

손휘의 움직임이 의미하는 바는 명백했다.

'이 일행의 지휘자가 손 소협이 아니고 강 소협이었던가?'

여일운은 의혹이 깃든 시선으로 산하를 보며 물었다.

"강 소협, 무슨 말씀이시오?"

산하 일행이 배에 탔던 날 서로 통성명을 한 터라 그는 산하의 이름을 알고 있었다.

상체를 느릿느릿 좌우로 흔들자 연아가 산하의 머리카락

양쪽을 부여잡고 웃음을 터뜨렸다.

"까르르! 아저씨, 재밌어. 더 빨리 해줘요!"

싱긋 웃은 산하가 상체를 흔드는 속도를 더하며 덤덤한 어투로 대답했다.

"점심나절에 물과 음식을 싣기 위해 들렀던 마을을 떠날 때 여 표두님의 허락을 받지 않고 이 배를 탄 사람이 있었습니다. 타자마자 창고로 들어가서 안에 있는 술과 음식을 실컷 먹고 큰대 자로 누워 자던데 수로채는 아마 그 사람에게 볼일이 있는 걸 겁니다."

바로 앞에서 상체를 좌우로 흔드는 산하의 모습이 마치 철탑이 기우뚱거리는 듯해서 어지럼증까지 느끼던 여일운의 입이 자신도 모르는 사이 벌어졌다.

명색이 표국 소속의 상선이다. 배에 타고 있는 표사의 수만 이십여 명에 달했고, 열두 시진 내내 교대로 보초를 섰다. 그런데 아무도 침입자가 있다는 것을 알아차리지 못했다. 산하의 말을 쉽사리 믿기 어려울 수밖에 없었다.

여일운은 굳은 얼굴로 뒤를 돌아보았다. 저런 말을 들었는데 믿기 어렵다고 확인하지 않을 수도 없는 노릇이다.

막 배의 앞쪽 갑판에 있는 수하를 부르려는 그의 속내를 짐작한 산하가 그를 불렀다.

"여 표두님, 사람을 보낼 필요 없습니다."

여일운은 기분 나쁜 표정이 되었다.

'방금 전에는 창고에 침입자가 있다고 말하더니 이제는 사람을 보낼 필요가 없다니, 사람을 희롱하는 것도 아니고.'

그가 불쾌한 기색으로 뭐라 말하려 할 때 산하가 갑판의 난간 쪽으로 한 걸음 성큼 내디뎠다. 그리고 한 손으로 난간을 짚으며 바깥쪽을 내려다보았다.

그의 입술이 열리며 웃음기 어린 굵은 음성이 흘러나왔다.

"박쥐처럼 매달려 있기 힘들지 않소?"

"쩝, 생긴 건 곰인데 눈치는 여우가 따로 없네."

갑판 밖에서 분방함이 느껴지는 맑은 음성이 들려왔다.

긴가민가하는 표정으로 산하가 보는 방향에 시선을 주고 있던 여일운의 안색이 돌처럼 딱딱하게 굳었다.

처음 들어보는 목소리.

정말로 침입자가 있었던 것이다.

턱!

바깥쪽에서 손가락이 길고 빛이 흰 두 손이 난간을 짚는가 싶더니 머리 하나가 불쑥 난간 위로 솟아올랐다.

깊은 바다처럼 짙푸른 남빛의 영웅건을 두르고 남색의 장포를 입은 사내가 구름처럼 표홀한 운신으로 난간을 타넘더니 깃털처럼 가볍게 갑판에 내려섰다.

산하의 눈이 껌벅였다. 희미한 놀람의 빛이 커다란 눈에 떠올랐다 사라졌다.

'장수 형님에 비해도 그리 뒤지지 않을 운신인걸. 몰래 들

어올 때 어느 정도 예상은 했지만 생각보다 더하구먼.'

지켜보던 사람들은 산하와는 다른 의미로 놀라 사내를 바라보았다.

스물한두 살 정도로 보이는 사내는 절세적이라는 말도 부족하다 싶은 미청년이었던 것이다.

육 척은 됨 직한 큰 키, 검미성목(劍眉星目)이라는 말이 그보다 잘 어울릴 수 없는 눈썹과 두 눈, 쭉 뻗은 콧날과 붉은 빛이 우러나오는 듯한 입술……

아쉬운 것은 얼굴선이 조금 가는데다 몸매가 호리호리해서 남성적인 느낌이 부족하다는 점이었다. 그러나 사내의 외모는 그 모든 단점이 전혀 눈에 들어오지 않게 만들 만큼 대단했다. 유청림조차 놀란 빛을 감추지 못할 정도였으니 말이 필요없었다.

"쩝."

생김새와 다르게 아무렇게나 혀를 차며 뺨을 긁어대는 사내의 모습에 장내의 사람들은 정신을 차렸다.

여일운의 눈에 노기가 어렸다.

청년의 미모가 그를 놀라게 했지만 그렇다고 해서 청년이 침입자라는 사실이 변하지는 않는 것이다.

그는 노여움을 그대로 드러내며 물었다.

"주인의 허락을 받지 않고 월담을 하다니, 더구나 이 배는 상선이고 수년간 관계가 나쁘지 않던 장강수로채에서 우리

배를 뒤쫓는 상황이오. 그대의 저의를 의심하지 않을 수 없소. 뉘시오?'

그는 튀어나오려는 막말을 인내심을 발휘해서 참았다. 그는 강호의 칼밥을 이십 년이 넘게 먹은 사람이다.

갑판에 발을 디딜 때까지 미청년이 펼친 경신법은 그로서도 본 적이 없는 상승의 경공이었다. 외모는 두말할 것도 없었고.

미청년은 함부로 대하기에는 뭔가 껄끄러운 분위기를 갖고 있었던 것이다.

미청년은 여일운의 말에 대답하는 대신 산하에게 시선을 주었다.

'그 인간 참 생김새하고 눈매하고 진짜 안 어울리네.'

애먼 생각을 하던 그의 고개가 천천히 모로 기울었다.

찡그린 눈가에 서서히 떠오른 것은 뚜렷한 불신의 기색.

'생각해 보니까 암향표운(暗香飄雲)의 경신법으로 움직였는데도 저 곰같이 생긴 자식은 내 기척을 잡아낸 거잖아. 이거 믿어야 하는 거야?'

사정이 있어 공을 들여 익힌 그의 경공은 그를 가르친 사람들도 혀를 내두를 만큼 뛰어났다.

무시당한 여일운의 얼굴이 가슴에서 끓어오르는 화기로 붉게 물들었다.

"소협의 사문이 어딘지는 모르나 장강표국은 함부로 업신

여김을 당하는 곳이 아니오. 말하시오. 만약 그대가 좋지 않은 의도로 이 배에 탔다면 결코 몸 성히 하선할 수 없을 것이오."

맹수가 으르렁거리는 듯한 어조.

미청년은 상념에서 깨어났다.

그는 여일운을 향해 활짝 웃었다.

여일운의 얼굴에서 노기가 씻은 듯이 사라졌다.

심장이 뛰는 속도가 빨라진 것을 느낀 여일운은 화들짝 놀라 버렸다.

'허걱! 내가 미쳤나. 사내놈이 웃는 걸 보고 가슴이 두근거리다니……'

차마 겉으로 드러낼 수 없는 생각이었다.

그는 다시 미청년을 찬찬히 살폈다.

혹시 남장한 여자가 아닌가 싶었기 때문이다. 그러나 곧 그는 속으로 고개를 저었다.

남장한 여자라고 생각하기에 미청년은 지나치게 키가 컸다. 다섯 자 여섯 치인 그가 눈을 맞추기 위해서는 약간 올려다봐야 했으니 세 치 정도는 더 클 것이다. 게다가 전체적인 선이 가늘다고는 해도 여자보다는 확실하게 뼈가 굵었다.

그의 시선이 전신을 훑는 것을 느긋하게 지켜보던 미청년이 말문을 열었다.

"일단 무단으로 이 배에 탄 것에 대해서는 깊이 사과드립니다. 하지만 이 배에 실린 물건을 훔치거나 장강표국에 해를 끼칠 의도를 가지고 탄 것은 아닙니다. 수로채의 징글징글한 추적을 잠시 따돌리려 했을 뿐입니다."

미청년은 말을 하며 뒤를 돌아보았다. 말마따나 지겹다는 기색이 역력한 얼굴이었다.

여일운은 청년의 말을 믿었다.

청년이 도둑질을 하러 들어왔다면 아직까지 이곳에 있을 이유가 없었고, 악의를 품고 있었다면 그의 은밀한 운신을 생각할 때 수하들 중 여럿이 해를 입고도 남을 시간이 흘렀다.

의심은 풀었다. 그러나 그의 안색은 여전히 딱딱했다.

그가 말했다.

"소협의 말을 믿겠소. 하지만 본 표국의 상선은 청하지 않은 손님을 환영하지 않소. 떠나주시기 바라오."

"쩝."

미청년은 뺨을 긁으며 난감한 듯 혀를 찼다.

배는 장강의 한복판을 거슬러 올라가는 중이었고, 강변은 백여 장이나 떨어져 있었다. 물 위를 밟는 경공의 고수가 아니라면 천생 헤엄을 쳐야 했다.

미청년은 어깨를 늘어뜨렸다.

"뭍에 배를 댈 때까지 좀 사정을 봐주시면 안 될까요? 제가 헤엄을 칠 줄 모르거든요."

맑고 낭랑했던 음성은 확연하게 주눅이 들어 있었다. 그 분위기가 어느새 몰려든 장강표국의 표사들을 비롯한 십여 명의 마음속에 동정을 불러일으켰다.

당장 손을 뻗어 청년의 늘어진 어깨를 부축할 것만 같은 눈빛들이었다.

미청년이 남자로 태어나지 않고 여자로 태어났으면 나라를 기울게 했을지도 몰랐다.

그러나 사람들과 달리 여일운의 표정은 변화가 없었다. 그는 장강표국 내에서도 고지식하기로 첫손 꼽히는 사내였다.

"그 정도 경공이라면 설령 헤엄을 칠 줄 몰라도 물에 빠져 죽지는 않소."

매정하기 이를 데 없는 축객령이었다.

청년은 한숨을 푹 내쉬었다.

나름 작정하고 말을 한 것인데 일언지하에 거절당했다.

돌아서서 갑판의 난간을 잡은 그의 두 손이 벌벌 떨렸다. 헤엄을 칠 줄 모르는 게 아니라 물을 무서워하는 것처럼 보였다.

그는 반쯤 고개를 돌려 여일운을 보았다.

크고 맑아 호수를 연상시키는 청년의 애절한 눈과 눈이 마주친 여일운은 가슴이 뜨끔했다.

원칙대로 할 일을 하고 있을 뿐인데도 뭔가 죄를 짓는 기분이 들었던 것이다.

그는 입술을 꽉 깨물었다. 그렇지 않으면 머물러도 좋다는 말이 술술 흘러나올 것만 같았다.

여일운이 아무 말도 하지 않자 청년은 어쩔 수 없다는 듯 난간에 한쪽 발을 올려놓았다.

그때였다.

표사들 중 한 명이 눈을 부릅뜨며 소리쳤다.

"여 표두님, 수로채입니다!"

놀란 여일운이 청년에게서 눈을 뗐다. 청년의 어깨너머로 방금 전 상선이 지나친 꺾인 절벽을 돌아 나오고 있는 배 두 척이 보였다.

청년은 난간에서 손을 떼고 뒤로 대여섯 걸음이나 물러났다.

그가 발을 멈춘 곳은 여일운의 오른편 한 걸음 뒤였다.

여일운은 눈살을 찌푸렸다. 하지만 더 이상 청년에게 무어라 하지는 않았다.

다가오고 있는 수로채의 배는 상선보다 배는 컸다. 선수에는 십여 명의 기세가 험악한 사내들이 서 있었고.

한가롭게 미청년을 다그칠 상황이 아니었다.

수로채의 배는 빨랐다.

절벽을 벗어나는가 싶더니 반 각도 지나지 않아 상선과 거리를 이십여 장으로 좁혔다.

"앞에 가는 장강표국의 친구는 배를 멈추시오!"

우렁찬 사내의 음성이 강상에 울려 퍼졌다.

여일운은 망설이지 않고 손을 들어 수하들에게 배를 멈추라는 신호를 보냈다.

달아날 수도 없었지만 달아날 이유도 없었다.

수로채의 수적선 한 척은 상선과의 거리가 육칠 장가량 되는 곳에서 배를 세웠다. 그리고 남은 한 척은 그대로 상선을 지나쳐 가더니 앞을 막아섰다.

여일운이 목소리를 높여 말했다.

"장강표국의 여일운이오! 어느 분께서 본 표국에 볼일이 있으시오?"

맞은편 배의 선수에 서 있던 사내들 중 육 척을 훌쩍 넘기는 장신에 체구가 당당한 장년인이 앞으로 나섰다. 삼십대 후반쯤 되어 보이는 호남형의 사내였다.

"삼악권 여 표두셨구려. 이름은 많이 들었소. 나는 당대의 백룡채를 맡고 있는 신 모외다."

여일운은 놀람을 감추지 못하는 얼굴로 급히 포권했다.

"여 모가 운해잠룡(雲海潛龍) 신환오 채주를 뵙습니다. 채주께서 직접 오신 줄 몰라 결례를 범했으니 양해 부탁드립니다."

신환오는 싱긋 웃으며 마주 포권했다.

"개의치 마시구려. 결례는 내가 먼저 범했는데 여 표두가 사죄할 일이 무에 있겠소."

여일운의 입에서 신환오라는 이름이 나온 순간 상선 위엔 놀람과 긴장의 파도가 몰아닥쳤다.

운해잠룡 신환오는 그런 반응을 이끌어낼 자격이 충분한 인물이었다.

세인들이 차대의 장강을 지배할 인물을 꼽을 때 세 손가락 안에 빠지지 않고 들어가는 거물이 그였으니까.

현재의 장강수로채주 자리는 공석이었다.

장강의 열여덟 개 수채를 장강수로채라는 하나의 단체로 묶어낸 후 이십여 년간 장강을 지배했던 장강용왕이 십여 년 전 신비스럽게 실종되었기 때문이다.

그의 실종 이후 수년간 잠잠하던 장강수로채는 용왕이 돌아올 기미를 보이지 않자 치열한 권력 투쟁에 돌입했고, 그 와중에 세 명의 걸출한 인물을 중심으로 세력이 재편되었다.

그들 셋을 일컬어 장강삼룡이라 불렀는데, 신환오는 삼룡 가운데 한 명이었다.

여일운이 말했다.

"그렇게 말씀해 주시니 정말 감사합니다. 그런데 채주께서 직접 웬일이십니까?"

신환오는 어깨를 으쓱하며 여일운 뒤편의 미청년을 보았다. 그리고 곧 시선을 거두어 자신의 옆을 보았다.

"볼일이 있는 사람은 내가 아니오. 나는 이분께서 저 청년에게 볼일이 있다고 해서 잠시 물길을 안내해 드린 것뿐이오."

신환오를 따라 그의 옆을 본 여일운은 어안이 벙벙한 얼굴이 되었다.

신환오의 옆에는 평범한 마의를 입은 시중에서 쉽게 볼 수 있는 외모의 오 척 단구 노인이 뒷짐을 지고 서 있었다.

허리춤까지 늘어진 잿빛에 가까운 머리카락과 밤바다처럼 깊게 가라앉은 잿빛의 눈동자가 조금 음산하게 느껴질 뿐 어디에서나 흔하게 볼 수 있는 외모였고, 얼마나 나이를 먹었는지 주름살이 자글자글하게 얽혀 있어 얼굴만 보아서는 나이를 짐작키조차 어려운 노인이었다.

그가 대체 누구이기에 장강의 미래라고까지 불리는 신환오가 직접 배를 몰아 안내해야 했을까.

여일운은 심중의 혼란이 고스란히 드러난 눈길을 마의노인에게서 떼지 못했다.

마의노인의 시선은 나타날 때부터 미청년의 얼굴에 고정된 채 움직이지 않았다.

그가 입을 열었다.

"상관운, 드디어 잡았군. 좋게 말할 때 나와 함께 가자."

미청년 상관운은 억울하기 이를 데 없다는 표정으로 마의노인을 보며 말했다.

"단 노야, 정말 너무하십니다. 혼인은 인륜지대사라 먼저 서로를 좋아해야 하고 가문의 어른들도 서로를 마음에 들어 해야 하는 것 아닙니까. 손녀 분이 인세에 드문 미녀이고 재녀이긴 하지만 저는 너무나 부족한 것이 많은 놈이라 손녀 분에게 어울리지도 않을뿐더러 저희 집안도 보잘것없어서 도저히 단 노야의 가문과 어울리지 않습니다. 그런데 어떻게 제가 언감생심 단 노야의 손녀 분과 혼인할 수 있겠습니까. 이제 그만 저를 놓아주십시오."

통사정이다.

단 노야라 불린 마의노인의 잿빛 눈동자에 스산한 빛이 어렸다.

"집을 떠나는 내게 설아가 말하기를, 네가 계속 거절한다면 굳이 살려서 데리고 오려 노력하지 않아도 된다고 했다. 물론 데려오지 말라는 뜻은 아니다. 시신으로 데려와도 좋다고 말한 것이지."

"허걱! 다… 단 노야, 어떻게 그처럼 끔찍한 말씀을……."

"설아의 마음을 앗아갔으니 너는 책임을 져야만 한다. 그게 싫다면 목을 내놓아야지."

당연하다는 말투.

상관운은 창백하게 질린 얼굴이 되어 비칠비칠 서너 걸음 뒤로 물러섰다.

그의 콧잔등에 송골송골 맺혔던 밤톨만 한 식은땀 여러 개가 주르르 미끄러져 갑판에 떨어졌다.

대충 내용을 짐작한 장강표국의 사람들은 반쯤 넋이 나간 표정으로 마의노인과 상관운, 그리고 신환오를 번갈아

보았다.

내용의 황당함도 황당함이지만 설마 이런 일의 들러리로 신환오가 직접 배를 끌고 나섰을 줄은 상상도 하지 못했던 것이다.

내심 어이없어하며 헛웃음을 지으려던 여일운은 한 가지에 생각이 미쳤다.

풀어지던 그의 얼굴이 다시 딱딱하게 굳었다.

노인의 말을 듣는 신환오의 호방한 얼굴에 놀람이나 어이없어하는 기색은 보이지 않았다. 단지 씁쓸한 기색뿐이었다.

그것은 신환오가 노인의 용건이 무엇인지 이미 알고 있었다는 걸 의미했다.

'저처럼 사소한 용건임에도 신환오는 직접 나섰다. 노인의 신분이 도저히 부탁을 거절할 수 없을 정도로 대단하지 않다면 있을 수 없는 일이다. 대체 저 노인이 누구이기에 장강의 젊은 용을 이런 일에 발 벗고 나서게 한 것일까?'

그가 생각에 잠겨 있을 때 상관운은 금방 죽을 것 같은 얼굴로 산하의 뒤에 몸을 숨기고 있었다.

상관운은 산하의 등에 바짝 붙은 후 속삭이듯 그에게 말했다.

"곰탱이, 저 노인네 좀 막아줘……."

말꼬리가 흐렸다.

산하의 덩치와 이목에 한 가닥 기대를 가지려 해도 가당치

71

않은 부탁이라는 것을 그 자신이 너무 잘 알기 때문이었다. 마의노인은 덩치로 어찌할 수 있는 사람이 아니었다.

마의노인의 스산한 눈길이 산하에게 닿았다.

그와 눈이 마주친 산하는 연아를 올려놓은 어깨를 한 번 으쓱하고는 한 걸음 왼쪽으로 비켜섰다. 다리 길이만큼이나 보폭이 넓은 한 걸음이다.

그의 뒤에 웅크렸던 상관운의 모습이 훤하게 드러났다.

상관운은 멍한 얼굴로 비켜서는 산하의 옆모습을 바라보았다. 설마 저 덩치를 하고 비켜설 줄은 생각지도 못했다는 기색이다.

마의노인의 스산한 눈에도 호기심이 떠올랐다.

상관운이 태어날 때부터 갖고 있는 기묘한 매력은 남달라서 남녀를 막론하고 그의 부탁을 거절하는 건 실로 쉽지 않은 일이었다.

그의 두 눈에 어린 호기심이 강한 노여움으로 전환되었다. 상관운의 그 기묘한 매력에 당한 사람 중의 하나가 다름 아닌 그의 손녀인 것이다.

산하가 말했다.

"어르신네, 저는 끼어들 생각 없습니다!"

상관운은 금방 숨이 넘어갈 듯한 얼굴로 소리쳤다.

"곰탱이, 그 덩치로⋯ 사내가 되어가지고 핍박받는 사람을 외면할 수 있단 말이냐!"

산하는 흰 이를 드러내며 싱긋 웃었다.

"별로 핍박당하는 것 같지도 않구먼."

속내를 알 수 없는 말이라 모두가 눈을 껌벅였다.

두 사람만 빼고.

그들은 마의노인과 상관운이었다.

산하는 말을 이었다.

"암향표운을 쓰는 사람이 남에게 핍박당한다고 하면 아마
도 그대를 가르친 분들이 꽤나 열 받지 않을까 싶은데?"

상관운과 마의노인의 안색이 변했다.

마의노인은 믿을 수 없다는 눈길로 상관운을 뚫어지게 바
라보았다.

"암향표운이라······. 그렇지, 그래야 말이 되지. 네가 어떻
게 내 손길을 그처럼 수월하게 빠져나가는지 의아했는데 이
제야 궁금증이 풀렸다."

중얼거리듯 말을 하던 그는 산하에게 고개를 돌렸다. 그리
고 좀 전과는 달리 무겁게 가라앉은 목소리로 물었다.

"네가 한 말이 사실이냐?"

산하는 느리게 고개를 끄덕거렸다.

"제가 잘못 본 게 아니라면 맞을 겁니다, 노야."

마의노인의 눈길이 다시 상관운을 향했다.

상관운의 뺨에 굵은 땀방울이 맺혔다.

그가 말했다.

"하… 하… 하, 노야, 저 곰탱이가 무슨 말을 하는지 저는 전혀 알아들을 수가 없습니다. 암향표운이라니, 그거 어느 주점에서 끓여주는 국입니까?"

마의노인의 눈빛이 삼엄해졌다.

"네가 그렇게 부인하는 걸 들으니 저 젊은이의 말에 더 신뢰가 간다. 네가 그곳에서 나왔다면 오히려 잘되었다. 그곳에 네놈이 한 짓에 대한 책임을 물을 수 있으니."

상관운의 잘생긴 얼굴이 황달 걸린 사람처럼 노랗게 변했다. 그는 다급하게 손사래를 쳤다.

"다, 단 노야, 저 곰탱이가 한 말은 터, 터무니없는 것입니다. 제가 벌인 일의 책임을 왜 그곳에 묻는단 말입니까!"

마의노인은 세차게 코웃음을 쳤다.

"흥, 이제야 실토를 하는군. 그곳을 모른다면 너처럼 행동하고 말할 수 있겠느냐."

상관운은 자신의 실수를 깨달았다.

지나치게 당황한 나머지 마의노인이 슬쩍 쳐놓은 그물에 걸려든 것이다.

늙은 생강은 역시 맵다.

그의 어깨가 축 늘어졌다.

"단 노야, 따라가면 될 거 아닙니까. 따라간다고요."

울음이라도 터뜨릴 것만 같은 어조였다. 듣는 이들은 웃어야 되는지 울어야 되는지 헷갈려야 했다.

마의노인의 입가에 미소가 그어졌다.

새로운 문제가 생기긴 했지만 어찌 되었든 원하는 결과가 얻어진 것이다.

"건너오너라."

상관운은 갑판의 난간을 부여잡았다. 그리고 고개를 돌려 산하를 노려보았다.

"곰탱이, 언젠가 이 빚은 꼭 갚아주마."

상관운의 말을 받은 건 산하가 아니라 연아였다.

상관운이 산하를 자꾸 곰탱이라 부르는 것이 마음에 들지 않았는지 연아는 가는 눈썹을 세우고 소리쳤다.

"비실비실하게 생긴 못생긴 아저씨, 우리 아저씨 곰탱이 아니야!"

상관운은 어이가 없어 입만 벙긋거렸다.

설마 네댓 살짜리 꼬마가 그의 말을 받을 줄이야.

그는 인상을 잔뜩 쓰며 소리쳤다.

"꼬마야, 저 인간은 곰탱이가 맞아."

"아니야, 아니란 말이야!"

"그럼 뭐야?"

연아는 잠시 생각하는 듯하더니 씩씩거리며 소리쳤다.

"멧돼지야!"

상관운은 물론이고 양쪽 배에 탄 사람들의 신형이 쓰러질 듯 휘청거렸다.

산하는 화가 난 연아의 무릎을 부드럽게 쓰다듬어 주고는 싱긋 웃었다. 그리고 고개를 숙여 상관운의 귀에 입술을 가져다 대고 작게 속삭였다.

"연아 말이 맞아. 나는 곰 아니라고. 그리고 내게 투정 부리기 전에 먼저 코앞에 닥친 문제부터 해결해야 할 것 같구먼."

본래 때리는 시어머니보다 말리는 시누이가 더 얄미운 법이다.

상관운은 이를 부드득 갈며 말했다.

"청산이 푸른 한 땔감 걱정은 없다고 했다."

산하는 고개를 끄덕이며 말을 받았다.

"생긴 건 골방 샌님인데 장작 패는 걸 좋아하나 보구먼. 생각있으면 언제든지 찾아와. 나중에 내가 아는 형님한테 부탁드려서 일자리 하나 구해주지. 흐흐흐."

굵고 낮은 웃음소리.

산하는 진지하게 곽장수를 생각하며 말을 한 것이다.

그 말을 듣는 상관운의 속이 좋을 리 만무한 일. 더구나 흥이 넘치는 웃음소리가 뒤를 잇지 않는가. 그의 눈초리가 파르르 떨렸다. 예전의 그였다면 발작을 해도 벌써 했을 터. 하지만 그는 발작하지 않았다. 아니, 못했다.

그러기에는 마의노인의 존재감이 너무 컸다. 그는 내심 이를 갈며 백룡채의 배를 향해 신형을 날렸다.

배와 배 사이에 놓인 오 장 거리의 장강 수면을 가로지르는 그의 운신은 그림처럼 우아하면서도 아름다웠다.

왠지 안도한 듯한 기색의 신환오가 여일운을 향해 포권했다.

"여 표두, 실례가 많았소이다. 신 모는 여 표두의 도움에 깊이 감사드리는 바이오."

여일운은 당황하며 마주 포권했다.

"좋게 해결이 되어 다행입니다, 신 채주님."

백룡채의 배가 선수를 돌렸다.

상관운은 죽을상을 하고서도 산하를 향해 소맷자락을 걷어붙이며 감자를 한 방 먹였다.

산하는 하늘로 치솟은 상관운의 주먹을 보며 담담하게 웃었다. 대신 연아가 상관운을 향해 혀를 날름거렸다.

상관운은 억울하다는 듯 연아를 향해 삿대질을 하며 방방 뛰었지만 이미 배 떠난 후였다.

여일운과 산하 일행은 각자의 자리로 흩어졌다.

몇 가지 궁금증이 생겨나긴 했지만 이번 일은 그저 상관운이라는 청년이 우연히 그들의 배를 숨어 탔기 때문에 벌어진 특이한 일에 지나지 않았다.

第三章

숭양보 보주 집무실.

험악하게 일그러진 위군학의 얼굴은 터질 듯 붉게 물들어 있었고, 입술은 끊임없이 경련했다. 그는 머리끝이 타는 듯한 노화를 간신히 참는 중이었다.

"후우……."

그는 길게 한숨을 내쉬었다.

숨결을 따라 열기가 빠져나가자 그의 얼굴빛이 조금 제 색을 되찾았다.

그가 말했다.

"소문이 나고 있다고?"

채일명은 굳은 얼굴로 고개를 숙였다.

"그렇습니다, 보주님. 소문의 범위는 의창 일대를 넘지 않고 있습니다만 퍼지는 속도가 상당합니다."

그는 신륜당의 당주로 동만일의 상급자였고, 일륜당주와 월륜당주가 무력을 책임지고 있다면 그는 숭양보의 군사 역할을 했다.

위군학의 두 눈이 살기로 번들거렸다.

"작정하고 소문을 퍼뜨리는 자들이 있다는 뜻인가?"

채일명은 고개를 끄덕였다.

"하좌는 그렇게 생각합니다. 통상 소문이 번지는 속도는 이렇게 빠르지 않으니까요."

"자네는 소문이 그 계집의 일행 중 누군가가 낸 것이라고 생각하는군."

"그들이 아니라면 이런 소문을 낼 사람이 없습니다."

단정적인 어조였다.

위군학도 동의했다.

소문을 내서 이득을 얻을 사람은 그들뿐이었다.

"세가에서도 소문을 듣게 될까?"

채일명의 얼굴이 미미하게 일그러졌다.

"그럴 것입니다."

"허……."

위군학은 혀를 차며 말을 이었다.

"치졸하게 잔머리를 굴린 것뿐인데 효과는 더할 나위가 없군. 손발이 묶였어."

채일명이 말을 받았다.

"보의 외부에서는 그들이 원하는 대로 놔두는 게 좋습니다. 소문을 확인시켜 줄 필요는 없으니까요."

위군학의 눈이 번뜩였다.

"보 외부라……. 내부에서는?"

"일단 보 안으로 들어온 다음에 무슨 일이 벌어졌는지는 저희가 만들어내기 나름이 아니겠습니까?"

채일명은 스산한 미소를 머금었다.

위군학의 얼굴에도 미소가 번졌다.

그가 말했다.

"그렇지! 문을 걸어 잠그면 밖의 놈들이 무엇을 알 것인가. 우리가 던져 주는 대로 먹을 수밖에."

두 사람의 눈이 마주쳤다.

집무실의 분위기가 밝아졌다.

*   *   *

백룡채와의 일을 제외하면 의창에 도착할 때까지 더 이상 사건은 벌어지지 않았다. 상관운이 떠난 직후 선상으로 나온 화태건이 산하를 곰탱이라고 부른 사내가 있었다는 말을 듣고 조금 격하게 흥분한 것을 빼고는.

산하 일행은 의창에 도착한 후 여일운을 비롯한 장강표국의 무사들과 헤어졌다.

여일운은 산하 일행을 표국으로 초청했다.

백룡채와의 일 이후 산하 일행을 보는 그의 시선은 확연하게 달라졌다. 무공을 모르는 여인과 어린아이가 포함된 일행이었지만 품고 있는 신비가 만만찮았던 것이다.

표국은 인맥이 재산이라 할 수 있는 업종이다. 그는 산하 일행과 인연을 좀 더 길게 가져가고 싶어했다. 하지만 산하는 여일운의 초청을 정중하게 거절했다. 여일운이 속으로 무슨 생각을 하는지 알아서는 아니었다. 그는 남이 무슨 생각을 하는지 관심을 갖는 성격이 아니다. 단지 앞으로 의창에서 벌어질 것이라 예상되는 일은 여러 사람이 얽혀서 좋을 게 없었기 때문이다.

하오의 햇살이 따갑게 쏟아져 내리는 선착장.

의창은 호북성 남부 최대의 도시답게 선착장도 컸고, 오가는 배와 사람의 수도 엄청 났다.

여일운 등이 떠난 후 산하와 목말을 탄 연아는 눈을 휘둥그레 뜨고 수많은 배와 사람을 쳐다보기에 여념이 없었다. 둘 다 태어나서 이렇게 많은 사람을 본 건 처음이었다.

"아저씨, 사람 디따 많아. 배도 엄청 많고."

"연아 말이 맞다. 정말 많구나."

연아야 어린아이라 그렇다 쳐도 철탑 같은 덩치의 산하가 넋을 놓고 사람들 구경하는 모습은 영락없이 대처에 처음 나온 촌놈의 행색이라 손휘와 화태건 등은 난감하기 그지없는 얼굴들이 되어버렸다. 유청림은 연신 흘러나오는 웃음을 참느라 곤욕을 치렀고.

"저… 형님."

화태건이 산하의 옆구리를 쿡 찔렀다.

"왜?"

"그렇게 쳐다보면 사람들이 이상하게 생각해요."

고개를 돌려 화태건을 내려다보는 산하의 눈에 미소가 어렸다. 화태건의 말이 무슨 뜻인지 이해하는 건 어렵지 않았다. 그도 옥화산의 산적들에게 들은 얘기가 적지 않았다.

"내가 촌에서 산 게 사실인 걸 어쩌겠냐. 이런 인해(人海)는 처음 봤다. 그래도 눈 뜨고 코 베일 만큼 멍하게 있지는 않을 테니 걱정하지 마라. 흐흐흐."

화태건은 산하의 태도에 자신도 모르게 풀썩 웃고 말았다. 산하의 말은 언제나 맺힌 데가 없었다. 물이 흘러가듯 자연스러웠고, 그래서 편안했다.

입가에 미소를 흘리던 화태건은 지금 한가하게 웃을 때가 아니라는 걸 생각하고는 억지로 표정을 굳혔다. 산하의 옆에 있으면 세상만사 걱정거리가 하나도 없었다. 이래서는 안 되었다. 걱정을 해야 할 일은 해야 했다.

그가 말했다.

"의창은 숭양보의 힘이 절대적인 지역입니다, 형님. 형님에게 쫓겨간 자들이 보고를 했다면 그들도 준비하고 있을 테고, 곧 우리를 발견할 겁니다. 긴장하지 않으면 위험해요. 구린 짓을 하는 자들이라 정당하지 않은 방법이라도 서슴없이 사용할 겁니다."

유청림의 얼굴도 굳었고, 손휘와 곽지상도 긴장의 빛이 역력해졌다. 화태건의 말이 옳았다. 그들은 적지에 들어와 있었다.

산하는 화태건의 말에 귀를 기울이기는커녕 여전히 놀랍다는 듯 사방을 이리저리 둘러보느라 정신이 없어 보였다. 하지만 사방을 둘러보는 그의 눈가에 미묘한 빛이 스쳐 지나가는 것을 알아차린 일행은 없었다.

이리저리 움직이던 산하의 고개가 머리 하나 작은 화태건을 내려다보았다. 그는 큰 눈을 껌벅였다.

"그래, 적당히 긴장하는 것도 나쁘지 않겠지. 긴장해라."

툭 던지듯 말하는 산하를 보며 화태건은 웃음과 한숨이 함께 나오는 것을 어쩌지 못했다.

손휘와 곽지상은 산하의 무신경한 말을 들으며 얼떨떨해했다. 하지만 화태건은 그러려니 할 뿐이었다. 산하의 곁에 머문 시간의 차이가 그들의 반응을 다르게 만든 것이다.

어차피 산하에게서 보통 사람과 같은 반응이 있을 거라 기대하지도 않았기에 화태건은 산하를 무시하고 유청림에게 말했다.

"유 낭랑, 근처에 괜찮은 객잔이 있으면 안내를 부탁해요. 다들 물 위에서 시달리며 먼 길을 왔는데 쉬어야 할 거 같습니다."

그 자신은 의식하지 못했지만 그의 말투는 어느새 산하와 비슷해져 있었다. 촌에서 의창 구경이라도 나온 사람마냥 한가로운 말투가 된 것이다.

"풋!"

유청림은 마침내 참지 못하고 웃고 말았다.

"일각 정도 가면 상화객잔이라는 곳이 있어요. 뒤편 객방도 깨끗하고 음식 맛이 좋은 곳이에요."

"그럼 거기로 가죠. 배도 고픈 참이었는데 잘되었네요."

화태건은 산하의 어깨를 안장 삼아 위세도 당당하게 앉아 있는 연아를 올려다보았다.

"연아야, 너도 배고프지?"

연아가 크게 고개를 아래위로 끄덕였다.

"응, 오빠."

힘찬 대답.

일행의 목적지는 정해졌다.

턱을 어루만지며 서성이던 사마화정이 걸음을 멈췄다. 그리고 짝다리를 하고 팔짱을 끼며 입술을 삐죽였다. 고개를 모로 꼬고 쏘아보는 눈길이 매서웠다.

화려한 미모와 도발적인 염기에 묘한 중성적인 매력까지 더해진 풍모.

그녀를 모르는 사람에게는 넋이 나갈 정도로 아름다운 모습일 수 있지만 그녀를 잘 아는 사람들에게는 공포 그 자체라 할 수 있는 모습이었다.

그녀와 다섯 자 거리를 두고 다소곳이 서 있던 감소영의 탐스러운 뺨에 젖먹이 아이가 경기할 때나 보일 법한 잔 경련이 파도치듯 일어났다.

"그분이 의창에 도착했다는 거냐, 아니란 거냐?"

감소영은 둔부를 살짝 뒤로 뺐다.

궁장에 가려진 발꿈치도 슬그머니 위로 들었다.

사마화정의 입술이 조금 더 튀어나오면 뒤돌아보지 않고 뛰어야 했다.

버텨봐야 버는 건 매밖에 없다.

그녀는 나이 오십이 다 되어가는 자신이, 더구나 삼천의 제자를 거느린 문파의 문주까지 되는 신분임에도 불구하고 어린 시절에 비해 전혀 개선될 가능성이 엿보이지 않는 사제지간의 관계에 내심 억울함을 금치 못했다. 하지만 내색은 꿈도 꾸지 못했다. 사소한 일에 목숨을 걸 필요는 없는 일이 아닌 가.

"홍호에서 배를 타시는 걸 목격한 제자는 있는데 의창에서는 아직 그분을 본 제자가 없어요, 사부님. 하지만 제자들이 전력을 다해 그분을 찾고 있으니 우리가 의창에 도착하기 전에 소식이 들어올 거예요. 어차피 그분 일행도 객잔에서 묵을 것이고, 그렇게 되면 제자들의 눈을 피하지 못할 테니까요."

열락궁의 정보망은 개방과 하오문도 인정할 만큼 탁월하다고 정평이 나 있다.

사마화정의 입술이 제 위치를 찾는가 싶더니 다시 튀어나왔다. 그녀의 눈치를 살피며 속으로 안도의 숨을 내쉬던 감소영의 볼에 다시 미미한 경련이 일어났다.

"그 인간한테 보낸 아이는 왜 아직도 돌아오지 않는 거야?"

사마화정은 감소영 너머로 보이는 관도에 시선을 돌리며 물었다.

그녀들은 관도변의 숲 속 공터에서 노숙 중이었다.

평생 피부 관리에 목숨을 걸고 살아온 감소영에게 노숙은 악몽이나 다름없었지만 사마화정은 감소영을 무색하게 만드는 외모와 달리 거적때기 위에서 대나무 도롱이를 덮고도 큰 대 자로 누워 코를 골며 자는 특이체질이었다. 지금 공터에

깔려 있는 것도 마른 풀 한 무더기밖에 없었다.

호랑이도 제 말 하면 온다던가.

관도 저편에 먼지구름이 뭉게뭉게 일어나는 것이 두 사람의 눈에 들어왔다.

두 사람의 공력이 높기도 하고 달빛이 환한 밤이라서 눈에 잘 들어오기도 했지만 미친 듯이 일어나는 먼지구름의 속도가 범상치 않아 모르려야 모를 수가 없었다.

다다다다다다!

요란한 발걸음 소리와 함께 먼지구름을 뒤에 달고 달려오는 건 궁장을 입은 요염한 삼십대 초반의 미부였다.

전신에 먼지를 푹 뒤집어쓰고 입에서는 거품을 흘리며 달려온 미부는 사마화정의 앞에 도착하자 거짓말처럼 딱 멈춰 섰다.

광녀처럼 산발한 머리카락, 눈가에 드리워진 검은 그늘, 움푹 들어간 볼살, 입가에 흐르는 거품…….. 얼마나 고생했는지 적나라하게 드러나는 얼굴이었다.

그녀는 소맷자락을 들어 입가의 거품을 쓰윽 닦은 후 사마화정의 앞에 무릎을 꽉 꿇었다.

"제자 자연이 태상궁주님을 뵙습니다."

"무릎 깨지겠다."

사마화정이 심드렁하게 말을 받으며 감소영을 보았다.

"자연이를 시켰었느냐?"

"예, 순찰당의 제자들 중 자연이의 경공이 제법 쓸 만해서 요."

"쓸 만한데 이렇게 늦어?"

감소영과 자연의 낯빛이 해쓱해졌다.

'사부님 기준에서 그런 거죠. 자연이는 이천 리 길을 팔 일 만에 왕복했다고요!'

감소영은 고함을 질렀다. 물론 속으로.

그녀는 다소곳이 말했다.

"앞으로 경공에 더욱 매진할 수 있도록 제자들을 독려하겠습니다, 사부님."

"그건 네가 알아서 하고."

사마화정은 자연에게 시선을 주었다.

"그 인간은 왜 같이 오지 않은 것이냐?"

자연은 고개를 더욱 깊이 조아렸다.

"노야께서 말씀하시기를… 당신은 강호를 떠난 지 오래라 더 이상 세사에 얽히고 싶지 않으시다며 태상궁주님의 전언은 못 들은 걸로 하겠다고 하셨습니다."

사마화정의 그림 같은 눈썹이 하늘로 곧추섰다.

"그 인간이 설맞았구나. 그때 아주 반쯤 죽여놨어야 하는데… 어설프게 팼더니 이제는 내 말이 우습게 들리나 보네."

스산함이 묻어나는 말투.

딸꾹.

감소영과 자연은 거의 동시에 딸꾹질을 했다.

"그 인간이 그렇게 나온다면 날 잡아 내가 직접 가서 끌고 오는 수밖에 없겠군. 오뉴월 복날 개 맞듯이 골이 횡하게 몇 대 처맞으면, 아, 이래서 사람은 말로 할 때 들어야 하는구나 하는 생각이 번쩍 들겠지."

따따따따, 딸꾹.

'사부님, 연세 생각 좀 하세요.'

감소영은 씨도 안 먹힐 거라는 걸 잘 알면서도 속으로 하소연을 할 수밖에 없었다.

'에효, 사부님은 스물일곱 살 이후로 육신의 노화가 멈췄어. 멈춘 것은 육신만이 아니야. 정신의 성장도 그 나이에 멈춰 버렸어. 이건 내 목을 걸고 장담할 수 있어.'

물론 겉으로는 절대로 드러나지 않는 생각이다.

이를 부드득 세차게 갈아붙인 사마화정이 감소영에게 물었다.

"의창분타를 맡고 있는 게 누구였지?"

"연화입니다, 사부님."

감소영의 대답은 공손함의 극치였다.

사마화정은 은어처럼 고운 손가락으로 미간을 살살 긁었다. 생각이 잘 나지 않을 때 나오는 그녀의 습관이다.

"연화…… 아, 코 찔찔 흘리고 다니던 그 아이가 연화였지? 걔가 맡고 있는 기루가 등선각이었던가?"

"예, 사부님."

사마화정은 감소영이 공들여 깔아놓은 마른 풀 무더기를 발로 걷어찼다.

퍽.

공력을 일으키는 기색도 없이 아무렇게나 걷어찬 한 번의 발길에 풀더미는 고운 가루가 되어 바람 따라 흩어져 버렸다.

돌덩어리처럼 무겁고 단단한 것을 부수는 것보다 풀처럼 가볍고 부드러운 것을 부수는 것이 더 어렵다는 건 무가의 상식. 더구나 풀더미는 땅에 고정된 것이 아니라 바닥에 깔려 있던 것.

사마화정의 발길엔 초상승의 무리가 담겨 있었다.

저무는 석양을 일별한 사마화정이 툭 던지듯이 말했다.

"그 인간 때문에 잠자고 싶은 마음이 사라졌다. 그냥 가자. 모레 아침은 연화 얼굴 보면서 등선각에서 먹을 수 있겠지."

감소영의 얼굴이 거무죽죽하게 죽었다.

그녀가 있는 곳에서 의창까지는 천 리가 넘었다. 사마화정은 그 거리를 이틀 안에 가자고 한 것이다.

*　　　　*　　　　*

일류당주 문천영과 월류당주 우번각이 이끄는 양 당의 수하들은 산하 일행이 탄 장강표국의 배가 의창의 선착장에 도착함과 동시에 일행을 포착했고, 그때부터 감시의 끈을 놓지 않았다.

산하 일행이 장강표국의 배를 타고 있다는 걸 알게 된 두 당주가 한발 앞서 의창으로 들어와 선착장 부근에 감시망을 구축해 놓은 덕분이었다.

산하 일행의 의창 도착은 반 시진도 채 지나기 전에 위군학의 귀에 전해졌다.

*　　　*　　　*

밤이 깊었다.

상화객잔의 후원에도 짙은 어둠이 내렸다.

상화객잔의 후원은 중앙에 정원이 있고, 정원을 사이에 두고 주루와 별채가 마주 보았고, 그 양편으로 이층으로 된 객방 건물이 자리 잡은 사각 구조였다.

산하 일행이 잡은 방 세 개는 정원 왼편의 건물이었다.

화태건은 산하를 찾아갔다가 방이 비어 있는 것을 보고 정원으로 나갔다.

산하는 정원 중앙의 연못가에 있는 커다란 바위에 엉덩이를 붙이고 앉아 있었다.

"형님."

산하가 고개를 돌려 화태건을 보았다.

"잠이나 자지 왜 나왔냐?"

화태건은 쑥스럽다는 듯이 뒷머리를 긁적이며 산하의 옆에 앉았다.

"영 잠이 안 오네요. 그러는 형님은 왜 나와 계세요?"

"나? 나도 잠이 안 와서. 흐흐흐."

산하는 낮게 웃었다.

화태건도 싱긋 웃었다.

산하의 낮고 굵은 웃음소리를 들으면 마음이 편안해졌다.

그가 물었다.

"형님, 내일 어떻게 하실지는 좀 생각해 두셨어요?"

"뭘?"

산하는 큰 눈을 껌벅이며 되물었다.

미소가 감돌던 화태건의 얼굴에 긴장이 스쳐 지나갔다. 그는 침을 꿀꺽 삼켰다.

"숭양보에 내일 가실 거잖아요."

"응."

"거기서 어떻게 하실 건데요?"

"뭘 어떻게 해?"

"저기… 숭양보… 전력이 만만치 않거든요."

화태건의 이마에 굵은 땀방울이 맺혔다.

산하가 심드렁한 어투로 말했다.

"죄를 물어야지."

"형님, 제가 여쭙는 건 그게 아닌데요? 당연히 죄를 물어야 하죠. 저는 그게 아니라 어떤 방법으로 그들에게 죄를 물으실 건지를 묻고 있는 건데요."

"방법? 남의 집 찾아가는 데도 방법을 찾나? 그냥 찾아가서 죄를 물으면 되는 거지."

화태건은 말로만 듣던 머리가 텅 비는 기분이 어떤 건지 명확하게 알 수 있었다.

산하의 성격을 어느 정도 알게 된 그였지만 그래도 설마했는데……

그는 고개를 푹 숙였다.

그보다 머리 하나는 더 높은 곳에서 그를 내려다보고 있는 산하의 큰 눈에는 놀리는 기색이 전혀 없었다. 산하는 진심으로 아무 생각이 없는 듯이 보였다.

화태건이 실의에 빠진 기색이자 산하는 뒷머리를 긁적였다. 그는 화태건의 기분을 어렵지 않게 이해했다. 그렇다고 화태건의 마음에 드는 말을 해주기는 어려웠다.

그는 화태건의 어깨를 가볍게 두드리며 말했다.

"건아."

"예, 형님."

산하는 시선을 연못으로 돌렸다.

"산에 있을 때 나는 내가 지닌 무공이 어느 정도인지 알지 못했다. 산을 내려오고 나서도 얼마 동안은 여전히 감을 잡지 못했지. 하지만 이제는 어느 정도 감을 잡았다."

그는 빙긋 웃으며 화태건을 돌아보았다.

"나 꽤 세다. 그러니까 염려하지 마라. 흐흐흐."

화태건의 안색이 조금 밝아졌다. 그러나 곧 다시 시무룩해졌다.

산하는 강했다. 그 혼자 몸이라면 도산검림이라도 어렵지 않게 헤쳐 나올 것이다. 그러나 지금 그의 주변에 있는 사람들 중 강한 사람은 한 명도 없었다. 다른 사람들은 산하의 짐밖에 되지 않았다. 그건 화태건도 마찬가지였다.

그가 산하에게 진정한 힘이 되어주려면 아직도 많은 날의 노력이 필요했다.

그는 고개를 숙이며 말했다.

"죄송해요, 형님. 도움이 되어드리지 못해서. 가르쳐 주신 건 손, 곽 두 형님과 열심히 수련하고 있긴 한데, 시일이 부족해서 숭양보에 도착할 때까지 완성할 수 있을지……."

산하는 화태건의 어깨를 툭툭 두드리며 고개를 젖히고 크게 웃었다.

"하하하하, 어울리지 않게 무슨 소리냐! 소문을 낼 것을 생각해 낸 사람이 다른 사람 아닌 바로 너였잖아. 덕분에 내가 생각했던 것보다 위험도 줄었고 일도 쉬워졌다. 그리고 내가 알려준 것은 지키기 위해서지 싸우기 위해서가 아니다. 힘쓰는 건 나 한 사람으로 족하다."

말을 하던 산하의 두 눈이 별채의 문이 있는 곳으로 향했다. 화태건의 시선도 뒤를 따랐다.

별채 안에서 한 사람이 걸어나오고 있었다.

눈 아래를 흰 면사로 가린 검은 경장 차림의 여인이었다.

키가 상당히 커서 화태건보다 작지 않아 보였고, 목 뒤에서 묶은 생머리는 칠흑처럼 검었다. 드러난 이마는 한겨울 깊은 산에 쌓인 눈처럼 희고 맑았고, 살짝 눈초리가 위로 올라간 큰 눈은 은연중에 사람을 긴장시키는 차가운 빛을 뿜어냈다.

흑의면사여인은 똑바로 산하와 화태건이 있는 곳으로 걸어왔다.

산하는 별로 놀라는 기색 없이 다가오는 여인을 바라보았다.

여인은 산하의 앞 다섯 자 되는 곳에서 걸음을 멈췄다.

"제 등장이 뜻밖이지 않으신 모양이군요?"

"선착장에서부터 따라다닌 것도 꽤 지루할 텐데 과연 언제 나올까 궁금해하던 참이오."

여인의 눈이 반짝였다.

"눈치가 생김새와 많이 다르군요."

"산에서 내려온 후로 그런 말을 가끔 듣고 있소."

"옥화산 말인가요?"

산하는 고개를 끄덕였다.

화태건은 산하와 흑의면사녀를 번갈아 보며 어리둥절한

표정을 지었다.

산하와 함께한 후로 그가 유청림과 열락궁의 여인들 외에 다른 사람과 얽히는 걸 본 적이 없다. 그런데 난데없는 여인의 등장에도 불구하고 산하는 놀라지 않았다. 어느 정도 예상하고 있지 않았다면 있을 수 없는 일이었다.

여인의 눈빛이 무거워졌다.

"제가 누구인지 아시나요?"

"모르오, 어디에서 왔는지는 짐작이 가지만."

여인은 나직하게 한숨을 내쉬었다.

실망한 기색이 역력했다.

잠시 산하를 깊은 눈으로 바라보기만 하던 여인이 물었다.

"철패를 주신 분과는 어떤 관계이신지요?"

"음… 호형호제하는 분이오."

"그분이 철패를 주시며 아무 말씀도 하지 않으셨나요?"

"성질 더러운 어떤 노인이 주셨는데 강호를 다니다 보면 도움이 될지도 모른다는 말씀은 있었소."

"…성질 더러운 노인. 휴우."

면사 아래로 들릴 듯 말 듯한 중얼거림과 함께 가느다란 한숨 소리가 새어 나왔다.

산하는 무덤덤한 표정으로 여인을 지켜볼 뿐이었다.

그는 여인의 질문에 성의껏 답했다. 귀찮다는 기색 한 점 보이지 않으면서.

오히려 눈살을 찌푸린 사람은 옆의 화태건이었다.

누가 보아도 여인의 행동은 예의가 있다고 할 수 없었다.

뜬금없이 나타나서는 자신이 누군지 밝히는 건 고사하고 죄인을 심문하듯 산하에게 질문 공세를 퍼붓고 있지 않은가.

화태건은 옆에서 무어라 한마디 하고 싶었지만 참았다. 산하가 불만의 기색을 보이지 않고 말을 받아주는 상대다. 속이 끓는다고 그가 나설 자리는 아니었다.

그렇지만 여인을 바라보는 그의 눈빛이 사나워지는 건 어쩔 수 없었다.

슬쩍 시선을 돌린 산하는 화태건의 얼굴에 드러난 기색을 보고 흰 이를 드러내며 소리없이 웃었다.

화태건은 겉과 속이 다르지 않아 속마음이 얼굴에 그대로 드러난다.

산하가 화태건에게 말했다.

"건아, 손님이 오셨으니 차라도 가져와 봐라."

그리고 연이어 흑의면사녀에게 말했다.

"곧 가실 게 아니라면 앉으시는 게 어떻겠소?"

화태건이 부루퉁한 입술을 내밀며 자리에서 일어난 것과 흑의면사녀가 다리를 다소곳이 모으며 산하의 맞은편 넉 자가량 떨어진 곳에 앉은 것은 거의 동시였다.

두 사람은 아무도 먼저 입을 열지 않았다.

여인의 조금은 빈 듯한 눈빛이 허공의 한 점을 훑었고, 산하는 그런 여인을 덤덤하게 바라만 보았다.

선선한 밤바람이 두 사람의 사이를 휘돌아 나갔다.

객방이 있는 쪽에서 인기척이 났다.

차호(찻주전자)와 잔이 놓인 쟁반을 받쳐 들고 걸어나온 사람은 화태건이 아니라 유청림이었다.

그녀는 산하와 흑의면사녀에게 가볍게 고개를 숙여 인사를 하고는 쟁반을 사이에 놓고 객방으로 돌아갔다.

산하는 풀썩 웃었다.

"녀석하고는……."

여인이 말을 받았다.

"아까 그 소년이 제 태도에 기분이 많이 상했나 보군요. 강소협을 생각하는 마음이 대단하네요."

맞장구치기에는 어색한 말이었기에 산하는 머쓱하게 웃고 말았다. 그가 말했다.

"내 이름은 알고 계신 듯하니 내 소개는 필요없을 듯싶고… 소저의 방명 정도는 알아야 대화가 편해질 듯한데, 알려 주시겠소?"

"소개가 너무 늦었군요. 저는 장소소(張小素)라고 해요. 하오문의 순찰당을 맡고 있지요."

"작고[小]… 희다[素]라……. 잘 어울리는 이름입니다."

산하는 싱긋 웃으며 크게 고개를 끄덕였다. 처음 만난 여인을 대하는 태도치고는 지나칠 정도로 친근하게 들리는 어조였다. 게다가 여인의 나이는 많게 잡아도 이십대 중반을 넘어 보이지 않았다. 그 나이에 하오문의 한 당을 맡을 정도라면 범상한 능력자가 아닐 터. 그러나 산하는 그녀의 직책에는 전혀 관심을 보이지 않았다.

산하의 시선은 여인이 등장한 이후 면사 위로 드러난 여인의 눈썹과 눈매에 집중되어 있었고, 이름을 듣고 난 후에는 확연할 정도로 눈빛이 부드러워졌다.

장소소라고 자신을 밝힌 여인의 차갑기만 하던 눈매가 만월처럼 휘어졌다.

웃음이다.

그녀의 키는 여인치고는 꽤 큰 편이어서 열다섯이 넘은 뒤부터는 어디를 가도 작다는 말을 들어본 적이 없었다. 하지만 말을 한 사람이 산하 아닌가. 그의 입에서 소(小)라는 말이 나오자 너무도 자연스럽게 받아들여졌다.

자신이 미소를 지었다는 것을 의식한 여인의 눈에 흠칫한 기색이 떠오르는가 싶더니 다시금 싸늘해졌다.

말투도 딱딱해졌다.

"숭양보의 위군학이 강 소협 일행의 의창 도착을 파악했어요."

산하는 별 표정 없이 고개를 끄덕였다.

"그럴 거라 생각했소."

"위해를 가할 어떤 움직임도 없긴 하지만 시간을 끌면 그가 어떻게 나올지 알 수 없어요. 언제쯤 숭양보를 찾아갈 생각이신가요?"

"내일 아침에 갈 거요."

장소소의 눈이 반짝였다.

"빠르군요."

"쇠뿔도 단김에 빼라고 하지 않소? 어차피 시간을 끈다고 다른 해답이 나올 성질의 일도 아니니까. 위험만 가중될 뿐."

"그렇긴 하지요."

장소소의 말이 이어졌다.

"강 소협의 요청대로 우리가 소문을 낸 것은 그들의 운신 폭이 좁아진 걸로 보아 주효했다는 게 확인이 되었어요. 하지만 그들이 암중의 창으로 소협 일행을 노리지 않을 뿐 역량 자체가 줄어든 것이 아닌 이상 위험은 여전해요. 무슨 복안을 갖고 계신지 궁금해요. 설마 지금 일행만으로 숭양보를 찾아 갈 생각은 아니겠지요?"

산하는 혀를 찼다.

"쩝, 그러면 안 되는 거요?"

장소소의 가뜩이나 큰 눈이 커다란 구슬만 해졌다.

"…진담이세요? 계란으로 바위를 치는 격이에요!"

그녀의 음성이 살짝 높아졌다.

"우리가 계란인지 숭양보가 계란인지는 일단 부딪쳐 봐야 아는 거요."

반면 답하는 산하의 음성은 여전히 덤덤했다.

장소소는 내심 산하의 가당치도 않은 배짱에 어이가 없어 고개를 젓고 말았다.

그녀를 보는 산하의 눈이 완연히 부드러워졌다.

그가 말했다.

"편지는 전했소?"

산하는 객잔에서 만났던 하오문의 문도에게 철패를 보여주며 두 가지를 부탁했다. 하나는 소문을 내달라는 것이었고, 다른 하나는 편지 한 장을 모처로 전해달라는 것이었다.

장소소는 고개를 끄덕였다.

"전했어요. 그쪽에서 사람 몇 명이 출발했고, 이틀 전 의창에 도착했다는 것도 확인했어요. 하지만 그들은 숭양보를 찾아가지 않고 다른 곳에 머물고 있어요. 편지 내용이 무엇이었는지 물어봐도 되나요?"

산하를 바라보는 장소소의 눈이 호기심을 담고 빛났다.

"별거없었소. 유 낭랑 모녀의 사연을 적어 보냈을 뿐이오. 관심있으면 한번 사실 확인을 해보라는 말을 덧붙이긴 했지만."

산하의 대답을 들은 장소소는 새삼스럽다는 눈으로 산하를 보았다. 편지의 내용을 어림짐작하고 있었고, 그녀라도 그런 방법을 강구했을 테지만 역시 산하의 덩치가 문제였다. 머리를 쓰는 것과는 아무리 보아도 어울리지 않는 것이다.

"흠, 그런 내용이라면, 편지의 내용이 사실인지 확인할 때까지 지켜볼 생각일 수도 있겠네요."

"그건 그렇고, 온 사람들의 정체는 파악했소?"

장소소의 머리가 이번에는 좌우로 움직였다.

"그것까지는 알 수 없었어요. 그들의 보안이 생각 외로 철저하더군요."

그녀가 말을 이었다.

"참, 공로명이 위군양을 만날 때 초빙했다는 의창의 무림명숙이 누군지는 알고 계시죠?"

"곤룡조(困龍爪) 정일우라고 들었소."

"그가 숭양보에 있어요."

산하의 눈빛이 깊어졌다.

손휘는 공로명이 죽은 후 위군양 주변을 샅샅이 조사했지만 정일우가 왜 위군양을 도왔는지 이유를 모르겠다고 했었다. 정일우와 위군양은 평소 왕래가 전혀 없는 사이였던 것이다. 그렇다고 정일우가 숭양보와 친분이 있다는 증거도 발견하지 못했다.

협사로 이름 높은 정일우가 위군양을 도운 건 손휘에게 이해할 수 없는 일이 되었다.

산하가 말했다.

"그가 왜 숭양보로? 설마 우리가 두려워서 그랬을 리는 없을 텐데요?"

곤룡조 정일우는 이십여 년 이상 명성을 떨친 호북 남부무림의 중견고수였다. 그가 이름없는 산하 일행을 두려워한다면 지나가던 개가 웃을 일이었다.

"정일우는 위군학의 죽마지우예요."

산하의 미간에 골이 파였다.

그의 눈빛이 강해졌다.

장소소는 산하의 표정 변화를 흥미롭다는 눈빛으로 지켜보았다. 역시 사람은 외모로 판단해서는 안 된다는 걸 그녀는 오늘 산하를 보며 절실하게 깨닫고 있었다.

산하가 말했다.

"소저는 모든 일의 배후에 위군학이 있다고 생각하는 거요?"

장소소는 망설임없이 고개를 끄덕였다.

"무시할 수 없는 가능성이죠."

"이해가 되지 않는군. 위군학 정도의 인물이 뭐가 아쉬워서 그런 파렴치한 짓을……."

"오히려 권력자들 중에 변태가 많죠, 고래부터."

장소소는 말을 이었다.

"정일우는 그 자신이 호북 남부무림의 손꼽히는 고수이기도 하지만 구대문파에 속한 공동파의 속가제자이기도 해요. 구파의 내부는 워낙 보안이 철저해서 그가 누구의 속가제자인지를 아는 사람은 없지만 장로 이상의 인물이 그의 사부일 거라는 말도 있어요. 숭양보와 충돌한다면 그와의 충돌도 피할 수 없을 테죠. 그리고 만약 정일우와 충돌하게 된다면 공동파를 염두에 두지 않으면 안 될 거예요. 그들이 어떻게 나올지 모르니까요. 공동파는 구파로 분류되지만 그 성향은 원한을 결코 잊지 않는다는 사천당문보다 더 지독해요."

잠시 말을 끊은 장소소는 빛나는 눈으로 산하를 보았다.

그리고 숨 두어 번 쉴 시간이 지난 후 입을 열었다.

"그에 대해서도 대책이 마련되어야 하지 않겠어요?"

그녀는 입술을 닫았다.

산하도 더 이상 질문을 하지 않았다.

새로운 의문이 생겨났지만 지금 시점에서 알아야 할 것은 다 알게 되었다.

이제는 날이 밝기를 기다리기만 하면 되는 것이다.

장소소는 자리에서 일어섰다.

그녀의 볼일도 끝이 났다.

第四章

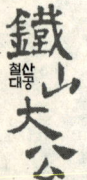

"어머님, 소자입니다. 들어가겠습니다."

말이 끝나기도 전에 위군학은 거침없이 방문을 열고 안으로 들어섰다.

긴 등받이 의자에 몸을 묻고 차를 마시며 창밖에 시선을 두고 있던 노부인의 시선이 잠시 들어서는 위군학에 머물렀다 떠나갔다.

동녘을 향해 난 창문은 활짝 열려 있었고, 정원을 휘돌던 맑고 시원한 아침 바람이 창문을 넘어 방 안으로 밀려들었다.

새하얀 은빛의 긴 머리를 옥차로 고정한 노부인의 모습은 단아하고 고왔다. 하지만 그녀의 눈가와 어깨에 내려앉은 슬품의 무게는 보는 이를 울적하게 만들 정도로 깊었다.

위군학은 노부인의 옆에 섰다.

은은한 용정의 향기가 그의 코끝을 스쳤다.

노부인은 찻잔을 탁자 위에 내려놓았다.

찻잔의 둥근 모서리를 망연한 시선으로 바라보고 있던 그녀의 입술이 천천히 열렸다.

"오늘 그들이 오느냐?"

"그럴 것입니다."

"그들을 죽일 것이더냐?"

"군양을 죽인 자들입니다, 어머니."

노부인, 숭양보의 인물들과 의창 사람들이 노태태라 부르는 양추령의 눈가에 드리워진 그늘이 더 짙어졌다.

"꼭 그래야만 하느냐."

양추령을 내려다보는 위군학의 눈빛이 차가워졌다.

"그들은 아우를 죽음에 이르게 한 대가를 치러야 합니다. 가문의 사람이 해를 입었는데 그들을 내버려 둔다면 천하가 본 보를 우습게 여길 것입니다."

"의창 전체에 소문이 돈다고 들었다. 그들을 죽인다고 양아가 살아 돌아오는 것도 아니고 소문이 사라지는 것도 아니지 않느냐."

양추령의 눈이 위군학을 올려다보았다.

그녀의 눈에는 두려움이 깃들어 있었다.

양추령의 모습에서 세간에 난 소문처럼 위군양의 죽음 때문에 미친 듯이 대로하고 있는 노부인은 찾아볼 수 없었다.

  위군학은 양추령과 눈을 마주치지 않고 눈을 들었다.

  그가 말했다.

  "그들의 죽음은 군양이가 죽을 때 정해졌습니다. 이제는 그것을 집행해야 할 때일 뿐입니다."

  양추령의 하얗게 센 눈썹이 가늘게 떨렸다. 그녀는 입술을 지그시 깨물며 말했다.

  "양아의 죽음이 어찌 그들 탓이더냐. 양아를 그리 망가뜨린 것이 누구인지 누구보다 네가 더 잘 알면서⋯⋯."

  어이가 없는 듯 위군학의 얼굴이 딱딱하게 굳었다.

  "어머니, 제가 군양이를 망쳤다는 겁니까?"

  "⋯⋯."

  "안 들은 것으로 하지요. 쉬십시오."

  말을 마친 위군학은 등을 돌렸다.

  그가 나간 후 방문이 닫히는 것을 지켜보던 양추령의 입술 사이로 들릴 듯 말 듯 작은 목소리가 흘러나왔다.

  "유청림에 대한 너의 욕심이 양아를 죽였다는 걸 내가 모르리라 생각한단 말이더냐. 누굴 탓하랴. 너를 이렇게 키운 것이 돌아가신 네 부친과 나인 것을. 원하는 것이라면 그것이 무엇이든 자신의 것으로 해야만 직성이 풀리는 너를 마냥 귀여워하며 오냐오냐 키운 업보를 이렇게 치르는구나."

보주 집무실로 들어선 위군학은 의자에서 일어서서 자신을 향해 포권하는 세 사람을 볼 수 있었다. 일류당주 문천영과 월류당주 우번각, 그리고 신류당주 채일명이었다.

위군학이 태사의에 앉자 채일명이 입을 열었다.

"유청림 일행이 객잔을 떠나 이곳으로 오고 있습니다. 아이도 함께 오는 중이라 한 시진 정도 걸리지 않을까 생각됩니다."

위군학의 미간이 좁아졌다.

"아이도?"

"예, 그렇습니다."

"허……."

위군학은 어처구니없다는 듯 침음성을 흘렸다.

그가 말했다.

"미친놈들이로군."

채일명의 입가에도 쓴웃음이 스쳐 지나갔다. 이해할 수 없는 행보였기 때문이다.

생각을 조금이라도 할 줄 아는 자라면 숭양보가 사지(死地)임을 모를 리 없다. 그런 곳으로 이제 네댓 살밖에 되지 않은 아이를 데리고 오는 걸 어떻게 받아들여야 할 것인가. 제정신이라고 볼 수 없는 자들이었다.

눈살을 약간 찌푸린 위군학이 채일명에게 물었다.

"동 부당주에게서는 연락이 있었나?"

"아침에 인편으로 그동안 조사한 것에 대한 간략한 보고서가 도착했습니다."

"그래? 그 덩치 큰 자에 대해 알아낸 것이 있다던가?"

"죄송합니다. 그의 이름이 강산하라는 건 밝혀냈습니다. 그러나 더 이상 특별한 것은 없었습니다. 옥화산에 사는 주민들이 그를 알고는 있었다고 합니다만 그가 무공을 익히고 있다는 것을 아는 주민은 한 명도 없었답니다."

"그자가 언제부터 옥화산에서 살았는지는 알아냈나?"

"아주 어렸을 때부터라고 합니다만, 정확한 것은 아니랍니다. 주민들과 거의 교류가 없었기 때문에 그자가 언제부터 옥화산에 살았는지 모르고 있답니다."

"그와 함께 거주했던 자는 있었을 텐데? 무공을 혼자 익힐 수는 없는 일이 아닌가?"

"노인 한 명과 함께 살았었답니다. 얼마 전 그 노인이 죽었다고 하는데, 그자가 산을 떠난 시기가 그 노인의 사망 직후입니다."

"노인? 그에 대해서는?"

"역시 아직 밝혀내지 못했습니다. 그 노인에 대해서도 주민들이 아는 건 아무것도 없다고 합니다. 동만일 부당주가 지금까지 알아낸 것을 종합해 보면 그자를 가르친 것은 죽은 노인인 듯합니다만 두 사람 모두 주민들과 거의 교류가 없어 충분한 정보를 확보하기 어렵습니다."

"강서칠흉을 단신으로 쓰러뜨릴 만한 약관의 청년고수는 당세 무림에도 그리 흔치 않다. 그런 인물을 키운 사람이라면 범상할 리가 없지. 두 사람에 대해 계속 알아보라고 하게."

"이미 그렇게 지시를 내렸습니다."

위군학은 고개를 끄덕였다.

그의 눈이 문천영과 우번각을 향했다.

"그들을 맞을 준비는 충분히 해두었나?"

문천영의 입가에 자신만만한 미소가 떠올랐다.

"그런 자들을 맞이하기엔 과할 정도로 충분한 환영 준비를 해두었습니다, 보주님."

우번각이 문천영의 말을 보충했다.

"일류당 휘하의 정예 삼십 명과 월류당 휘하의 정예 칠십 이 그들을 맞을 것입니다."

"일백이라……"

위군학은 고개를 끄덕였다.

월류당과 신류당은 외부에서 숭양보에 투신한 자들 중 나름 능력있는 자들을 추려서 만든 단체고 충원도 그렇게 이루어진다. 하지만 일류당은 대를 이어 숭양보에 충성하는 자들로만 구성되어 있다. 그래서 일류당의 무사들은 무공 수위가 높고 충성심도 다른 당보다 강하다.

어찌 되었든 숭양보 일백의 정예 무사라면 어지간한 중소

문파를 반나절 안에 쓸어버릴 수 있는 강력한 무력이었다. 그런 무력이 무공을 모르는 여인과 아이가 포함된 여섯 명을 맞이하기 위해 준비까지 하고 있는 것이다.

위군학이 말했다.

"대문을 활짝 열어두게. 제 발로 찾아오는 손님들이 아닌가. 쌍수를 들고 크게 환영해 줘야지."

세 명의 당주는 포권과 함께 허리를 깊숙이 숙였다.

＊　　　　　＊　　　　　＊

"삼공자님, 어찌하시렵니까?"

"뭘?"

은색 바탕에 타오르는 주작의 문양이 화려하게 수놓인 무복의 매무새를 다듬던 청년이 되물었다.

우아한 형태의 의자에 앉아 있는 그의 모습은 한 폭의 그림처럼 수려했다. 입고 있는 옷만큼이나 차가운 인상이 조금 거슬리긴 했지만 인정할 수밖에 없는 대단한 미남이었다.

청년의 시선을 받은 각진 얼굴의 사십대 무사가 대답했다.

"숭양보 말입니다. 유청림이라는 여인의 일행이 도착하기 전에 가보셔야 되지 않겠습니까?"

청년의 입고 있는 옷만큼이나 수려한 입가에 희미한 미소가 걸렸다.

"왜?"

"전모를 지켜봐야 그 의문의 서신에 적힌 내용과 소문이 사실인지 아닌지 알 수 있을 텐데요."

"필요없어."

청년 공손무양은 고개를 가볍게 저었다.

그가 코흘리개 아이일 때부터 보필해 온 사십대 무사 남익의 의아한 심정을 헤아린 듯 그의 말이 이어졌다.

"서신의 내용과 소문은 사실이니까."

남익은 눈을 크게 떴다.

공손무양의 성격은 칼처럼 날카로운 면이 있어서 확신을 가지고 있을 때만 단정적으로 말한다.

남익의 음성이 조심스러워졌다.

"위군양이야 본래 숭양보에서도 내놓은 자라는 건 잘 알고 있습니다만 설령 그의 죽음 때문에 양추령 노태태가 대로해서 펄펄뛴다 하더라도 위군학이 그처럼 경우없는 노태태의 말을 들어줄 정도로 사리 분별을 하지 못하는 자라는 얘기는 들어보지 못했습니다, 삼공자님."

공손무양의 입가에 떠오른 미소의 빛이 북풍한설처럼 매서워졌다.

"남익, 속사정은 자네가 알고 있는 것보다 좀 더 복잡하다. 열 길 물속은 알아도 한 자도 안 되는 사람 속은 알기 어려워. 옛 분들의 말은 틀린 것이 없다."

남익의 얼굴이 굳어졌다.

공손무양이 저리 말할 정도면 확신의 정도를 넘어서 사실 관계를 이미 파악했다는 얘기다. 그리고 공손무양이 이면의 사실을 파악했다는 것은 이번 사건에 대해 세가의 수뇌부가 일정 정도 개입하고 있다는 말이 되었다.

공손무양의 확신은 세가의 정보 조직인 운첩당이 그에게 정보를 주었기 때문에 가능했을 것이고, 운첩당의 정보는 공손무양의 손에 들어가기 전에 세가 수뇌부의 손에 먼저 들어가는 것이 절차상의 순리였기 때문이다.

남익은 자신의 생각보다 일이 복잡하다는 것을 깨달았다.

그는 공손무양과 함께 세가를 떠나 여기까지 오는 동안 공손무양이 그저 난데없이 날아든 서신의 내용에 흥미를 느끼고 거기에 적힌 내용의 사실 여부를 확인하기 위해서 온 거라 생각했다.

어찌 되었든 세가에서 숭양보가 차지하는 비중이 결코 작다고 할 수는 없었으니까. 그러나 속내는 그가 생각한 것보다 좀 더 꼬여 있는 듯했다.

남익은 입을 다물었다.

더 이상의 질문은 그에게 허락된 영역이 아니었다.

그는 상당한 고수였고 공손무양과의 관계도 남이라 할 수 없을 정도였지만 그것을 믿고 나댈 정도로 자제력이 형편없지 않았다.

많이 알아서 도움되는 일이 있고, 많이 알아보았자 득이 되기는커녕 해만 되는 일이 있다.

이번 일은 느낌상 후자에 가까웠다.

그가 알아도 상관없는 일이었으면 공손무양이 말을 해줘도 벌써 해주었어야 했다. 그에 대한 공손무양의 신뢰는 상당히 두터웠으니까.

공손무양은 탁자 위에 놓인 섭선을 집어 들며 일어났다.

"남익, 그리 답답해하지 않아도 된다. 어차피 자네도 오늘 중으로 이번 일의 전모를 알게 될 테니까. 물론 숭양보를 방문하는 자들이 자신들의 뜻을 관철할 만한 능력이 있어야겠지만."

그는 먼지 한 올 묻어 있지 않은 은의의 소맷자락을 다시 한 번 매만진 후 걸음을 떼었다.

남익은 입을 꾹 다물고 공손무양의 뒤를 따랐다.

아무리 복잡해 보여도 세상사의 대부분은 시간이 흐르면 그 전모를 알 수 있다.

남익도 그것을 알 정도의 나이는 먹었다.

*   *   *

오시 초(오전 11시 경).

언제나처럼 연아는 산하의 머리카락을 뿔처럼 움켜잡고

목말을 탔다.

산하는 연아의 작은 정강이 두 개를 손으로 덮듯이 잡고 대로를 걸었다.

일행의 맨 앞에서 걷는 그의 안색은 산책이라도 나선 사람처럼 평온했다. 무덤덤하게까지 보이는 얼굴이었다. 하지만 그것은 겉모습일 뿐이었다.

그의 기감은 사방 일백여 장 이내의 기척을 하나도 놓치지 않을 만큼 폭넓게 확장된 상태였다.

아직 이른 시간이어서인지 대로는 한산했다. 그러나 산하는 곳곳에서 자신들을 지켜보는 시선을 느낄 수 있었다.

적의가 담긴 눈빛도 있었고, 단순한 호기심만을 담고 있는 눈빛도 있었으며, 안쓰러워하는 시선도 간간이 섞여 있었다.

손휘와 곽지상의 안색은 극심한 긴장으로 인해 돌처럼 딱딱했다.

산하라는 실력의 끝을 알 수 없는 고수가 함께하고 있다고 하더라도 살아날 가능성이 보이지 않는 길이다. 그러나 죽음에 대한 공포가 긴장을 불러일으키는 건 아니었다. 그들은 삶에 대한 미련 따위는 공로명이 죽을 때 이미 버렸다.

그들의 긴장은 유청림과 연아가 자신들과 함께 숭양보로 가고 있기 때문이었다. 평상심을 유지하기 쉬울 리가 없는 것이다.

그들과 달리 화태건과 당사자인 유청림의 안색은 평상시

와 다르지 않았다.

산하에 대한 그들의 믿음은 손휘나 곽지상에 비할 바가 아니었다. 이리저리 따져 보아도 분명 숭양보는 그들 일행이 상대하기엔 너무나 강력한 힘을 가진 문파였다. 그런데도 두 사람은 숭양보를 두려워하지 않았다. 산하에 대한 굳은 믿음이 그들에게 용기를 준 것이다.

숭양보가 자리 잡은 곳은 의창 서부 외곽 지역으로 장강에서 십여 리밖에 떨어져 있지 않았다.

높이 일 장에 이르는 높은 담장에 둘러싸인 거대한 장원이 보이는 곳에서 손휘는 걸음을 멈췄다.

해가 중천에 떠 있었다.

걸어오는 동안 좌우로 보이던 집들이 어느 틈엔가 일행의 한참 뒤로 밀려나 있었다.

장원의 담장 주변 삼백여 장은 텅 비어 있었다. 집이 한 채도 들어서지 않은 것이다.

"강 소협, 저곳이 숭양보입니다."

슬쩍 산하의 얼굴을 돌아본 손휘는 조금 허탈한 얼굴이 되었다.

산하의 얼굴에 긴장의 빛은 전혀 보이지 않았다. 볼 수 있는 것은 대처에 나온 시골 청년스러운 호기심뿐이었다.

산하는 호기심으로 눈을 빛내며 고개를 끄덕여 손휘의 말을 알아들었다는 표시를 했다.

그의 두 눈이 숭양보를 훑었다.

백 년을 이어오며 호북 남부무림과 상계에서 제일의 자리를 놓치지 않은 가문이라 하기에 어느 정도 예상은 했지만 숭양보의 규모는 그의 예상을 넘어섰다.

얼핏 봐도 담장이 둘러싸고 있는 건물의 수가 삼십여 개를 넘어갔고, 담장 안은 수천 명이 거주해도 붐비지 않을 정도로 넓어 보였다.

"멧돼지 아저씨, 엄청 커!"

연아는 숭양보의 규모에 놀란 듯 입을 다물 줄 몰랐다.

"그래, 나도 저렇게 큰 장원은 처음 봐."

산하는 싱긋 웃으며 연아의 말에 맞장구를 쳤다.

산하를 일별했던 손휘가 가라앉은 목소리로 말했다.

"사람이 보이지 않는군요."

그의 말대로 숭양보의 담장 밖엔 사람은커녕 개미 한 마리 보이지 않았다.

곽지상이 말을 더했다.

"정문이 열려 있습니다, 형님."

폭이 일 장 반에 달하는 숭양보의 거대한 정문은 활짝 열려 있었다. 평상시라면 무사들이 열두 시진 내내 교대로 지켜야 할 정문이었지만 지금 정문 앞에 서 있는 무사는 한 명도 없었다.

손휘가 산하를 보며 말했다.

123

"우리가 오고 있다는 것을 알고 준비를 한 것 같습니다."

그의 말을 화태건이 받았다.

"하하, 이미 예상하고 있던 일이잖습니까."

그는 가볍게 웃기까지 했다.

억지로 지어낸 웃음이 아닌 자연스러운 웃음이었다, 유쾌하게까지 들리는.

손휘와 곽지상의 눈이 휘둥그레졌다.

그들보다도 약한 화태건의 여유를 이해하기 어려웠기 때문이다.

그들의 속마음을 알아차린 화태건이 뒷머리를 긁적였다. 그리고 멋쩍게 웃으며 말을 이었다.

"어차피 닥친 상황이잖아요. 오래전에 누가 그랬다고 하던데요, 피할 수 없다면 즐겨라!"

손휘와 곽지상은 어이가 없어 피식 웃고 말았다.

그리고 깨달았다.

자신들의 마음을 차지하고 있던 극심한 긴장감이 확연할 정도로 완화되었다는 것을.

곽지상은 화태건의 어깨를 쓰다듬듯 툭툭 두드렸다.

싸움에 임할 때 적당한 긴장은 도움이 되지만 지나친 긴장은 독이 된다.

그는 자신만의 방식으로 화태건에게 고맙다는 표현을 한 것이다.

산하는 성큼 크게 한 걸음 앞으로 내디뎠다. 자연스럽게 다른 사람들이 그와 한 걸음 간격을 두고 뒤를 따랐다.

숭양보가 가까워졌다.

열린 문 안으로 마차 두 대가 다닐 만큼 큰 백석 대로가 보였다. 대로의 좌우는 잘 정돈된 잔디로 뒤덮인 마당이었는데 너비가 수백 장에 달했다. 그리고 백석 대로의 끝엔 날아갈 듯한 처마를 이고 있는 이 층 건물이 있었다.

"일백 명은 족히 될 거 같습니다."

문 안을 본 손휘가 말했다.

백석 대로의 양편에 석상과도 같은 엄정한 자세로 정연하게 늘어선 일백 명의 무사가 일행의 시야에 들어왔다.

백 쌍의 시선이 일행의 몸에 쏟아졌다.

산하는 연아를 들어 올려 가슴에 안았다.

일백에 달하는 무사들의 시선이 일행에게 꽂혔다.

비웃음과 의혹, 분노와 안쓰러움이 뒤섞인 눈빛들. 그러나 대부분의 눈에 깃든 기세는 스산한 살기였다.

그것을 느낀 듯 연아의 눈매가 불안하게 떨렸다. 아무리 어려도 느낌은 있는 것이다.

산하는 돌아서서 유청림에게 연아를 넘겨주었다.

"연아, 졸리지?"

난데없는 말.

연아는 졸리지 않다는 표시로 고개를 저으려 했다. 하지만 그렇게 하지 못했다.

산하의 손가락 첫마디가 수혈을 부드럽게 쓸고, 연아의 눈은 빠르게 감겨갔다.

"응, 아저씨. 이상하게 졸려. 조금 전까지… 안 졸렸는데……."

"오래 걸어서 그럴 거야. 조금 자두렴. 이따가 아저씨가 깨워줄게."

"맛있는 거 사줘야 돼……."

연아의 목소리는 산하도 간신히 들릴 정도로 작아져 있었다.

"그럼. 연아가 제일 좋아하는 빙당호로 사줄게."

그의 말이 끝나기도 전에 연아는 눈을 감고 작은 머리를 유청림의 품에 포옥 파묻었다.

유청림은 연아를 꼭 끌어안았다.

이런 자리에 아이를 데려오는 건 있을 수 없는 일이었다. 그것을 가능하게 한 건 산하의 허락이었다. 그는 연아가 절대로 위험하지 않을 거라고 약속했다.

연아에 대한 일은 그의 약속으로 결론이 바로 나버렸다.

유청림은 산하가 하늘이 무너질 거라 말하면 그것을 그대로 믿을 정도가 되어 있었으니까.

손휘와 곽지상, 화태건은 품(品) 자 형으로 갈라지며 유청림 모녀를 가운데에 두었다.

그들의 전신에서 잘 정제된 예기가 흘러나왔다.

산하가 그들을 돌아보며 말했다.

"삼위호왕진(三位護王陣)은 꽤 쓸 만합니다. 가르쳐 준 대로만 하면 반 시진은 충분히 유 낭랑과 연아를 지킬 수 있습니다."

호왕진은 손휘를 만난 그날 저녁 산하가 세 사람에게 전수한 진법이었다.

그는 그저 쓸 만한 진법이라고 말했지만 사실은 많이 달랐다. 삼위호왕진은 한 사람을 호위하는 대인진법류 가운데 무림 최고의 반열에 속한다고 할 수 있는 절세의 기진(奇陣)이었다.

문제는 시간이었다. 세 사람은 익힌 시일이 부족해 호왕진의 정수를 완벽하게 얻지 못했다. 하지만 산하도 그들이 진을 완성할 거라는 기대를 하고 가르친 건 아니었다.

방금 그가 말한 것처럼 호왕진은 반 시진용이었다. 그는 숭양보에서 반 시진 이상의 시간을 보낼 생각이 없는 것이다.

그는 사색을 좋아하거나 머리 굴리는 걸 즐기지는 않았지만 필요할 때는 충분히 사색도 하고 얼마든지 머리도 굴렸다.

"강 소협, 목숨을 걸고 형수님과 연아를 지키겠습니다."

손휘가 말을 받았다. 곽지상과 화태건은 입을 여는 대신 꾹 다물었다.

이제는 말이 아니라 행동으로 자신의 마음을 드러내야 하는 시간이었다.

산하 일행은 숭양보의 정문을 넘어 안으로 들어섰다.

숭양보의 무사들은 그들을 지켜보기만 할 뿐 아무런 제지
도 하지 않았다. 마치 석상이 되기라도 한 것 같았다.

유청림을 가운데 두고 맨 뒤에 서 있던 곽지상이 정문을 넘
어서는 순간 멀리서 낮지만 차갑고 단호한 음성이 들려왔다.

"문 닫아 걸어라!"

도열해 있던 무사 두 명이 절도있게 걸어나와 거대한 정문
의 문을 잡아 닫았다.

그그그그그, 쿵!

숭양보는 외부와 완벽하게 차단되었다.

산하는 음성이 들려오기 전부터 그곳을 보고 있었다.

도열한 무사들의 대열이 끝나는 지점과 산하 일행의 거리
는 대략 오십여 장.

그곳에 기도가 남다른 십여 명의 남녀가 뒷짐을 진 한 명의
자의중년인을 중심으로 모여 있었다.

말을 한 사람은 자의중년인이었다.

전신에서 흘러나오는 중후한 기도, 그리고 산하와 마주친
두 눈에 깃든 자신감과 오연함은 그가 평생 남을 부리는 위치
에서 살아온 사람임을 한눈에 알 수 있게 했다.

누가 설명할 필요도 없었다.

걸음을 멈춘 산하는 그가 위군학임을 알았다.

슬쩍 뒤를 돌아본 그는 닫힌 문과 자신을 보고 있는 화태건 등을 향해 빙긋 웃으며 말했다.

"일부러 문까지 닫아주는군. 나야 고맙지. 후후후."

그의 낮은 웃음소리를 들은 일행의 마음이 편안해졌다.

주변은 사전에 통제된 듯 이곳에 있는 자들 외의 인기척은 느껴지지 않았다.

위군학은 산하를 일별한 후 뒷짐을 풀고 수염을 쓸어내렸다.

그의 시선은 산하 뒤편의 유청림에게 향해 있었다.

산하는 유청림에게 닿은 위군학의 눈에 진하게 떠오른 감정의 정체를 단숨에 알아차렸다.

수년 전 옥화산에서 그의 의형인 곽장수가 어떤 자를 이틀 동안 추적해 잡은 후 단숨에 도끼로 목을 쳐버린 적이 있었다.

그때 산하도 그자를 추적하는 일에 동참했었다.

그자는 옥화산 마을의 열여섯 살 된 처자를 간음하고 죽인 무림인이었다.

산하는 위군학의 눈에 떠오른 빛이 오래전 옥화산에서 보았던 채화음적의 눈빛과 비슷하다는 것을 깨달았다. 그리고 동시에 장소소의 말이 진실일 수도 있다는 것도.

유청림에게서 시선을 뗀 위군학이 산하에게 말했다.

"그대의 정체가 모호하더군. 어느 분 밑에서 사사했는가?"

유청림과 손휘 등이 무엇 때문에 찾아왔는지 잘 알면서도 그들은 안중에 없다는 듯한 태도고 말투였다.

산하는 흰 이를 드러내며 싱긋 웃었다.

"우리가 찾아온 이유를 뻔히 알면서 그게 지금 중요하겠소?"

위군학의 얼굴이 살짝 굳었다. 그리고 숭양보 인물들의 얼굴에 일제히 노여움의 기색이 떠올랐다.

체구가 거대하다는 거 빼면 뭐 하나 볼 것 없는 듯한 무명의 시골 청년이 호북 남부무림의 패자라 할 수 있는 숭양보 주인의 질문을 씹어버린 것이다.

"허, 호랑이 간을 삶아 먹은 놈이로군."

한 걸음 앞으로 나선 사람은 다혈질로 유명한 월륜당주 우번각이었다. 그의 눈에서 불똥이 튀었다.

"제자를 보면 스승을 알 수 있지. 너를 보니 네 스승이 얼마나 개차반일지 눈에 선하구나."

산하의 커다란 눈이 껌벅였다.

그는 피식 웃다가 크게 숨을 들이쉬었다.

경락을 따라 휘돌던 진기가 하단전으로 몰려들었다. 반사적으로 주먹이 먼저 나갈 뻔했다. 그랬으니까 참았지 장파룡이나 곽장수였으면 우번각은 오늘 이후 세상 구경 그만했을 것이다.

오는 말이 고와야 가는 말이 곱다는 옛말은 진리다.

그가 말했다.

"당신은 내가 말을 섞는 순서에 들어 있지 않아. 곁가지는 빠져 있어."

졸지에 곁가지 취급을 당한 우번각의 얼굴이 시뻘겋게 달아올랐다. 숭양보에 몸담은 후로 그가 어디에서 이런 취급을 당해보았겠는가.

"으드득, 죽을 자리인 줄 모르고 천둥벌거숭이처럼 휘적휘적 찾아올 때 이미 알아보았지만 정말 제대로 미친놈이로구나."

산하는 입맛을 다셨다.

"거참, 위군학 보주, 옆 사람 입 좀 다물게 하는 게 어떻겠소? 주먹을 섞을 땐 섞더라도 기본적인 대화는 해야 하지 않겠소?"

위군학이 손을 슬쩍 들었다.

우번각은 즉시 고개를 숙여 보이고 뒤로 물러섰다.

뒷짐을 진 위군학이 말했다.

"옥화산이라는 곳에서 자랐다고? 촌구석에서 자란 탓에 혀가 짧은 거라 이해하고 넘어가겠네. 하지만 정도를 벗어나지는 말게나. 인내심에도 한계가 있는 법이니."

산하는 싱긋 웃었다.

"의창과 비교할 수 없는 촌이긴 하지만 그곳에 있는 사람들은 적어도 이곳에 사는 사람들처럼 겉과 속이 다르지는 않소."

느릿한 어투로 말을 잇던 그의 눈빛이 강해졌다. 말투도 강해졌다.

"당신이오, 위군양을 부린 사람이? 그렇게 유 낭랑이 탐이 났소?"

위군학의 안색이 돌처럼 딱딱해졌다.

"놈, 갑자기 무슨 헛소리냐?"

그들의 대화를 듣고 있던 숭양보 인물들의 얼굴에 어리둥절함과 분노가 같이 떠올랐다.

산하의 갑작스런 질문을 이해한 사람은 좌중에 한 명도 없었다. 아니, 단 한 명이 있었다.

위군학의 노호성이 숭양보를 울렸다.

"말을 받아주려 했더니 어디서 미친 소리를 하는 것이냐!"

산하는 팔짱을 끼며 고개를 옆으로 꼬며 위군학을 보았다. 그리고 시선을 그 옆으로 옮겼다.

그곳에는 학창의를 입은 중키의 초로인이 서 있었는데 그의 두 손은 소맷자락 안에 들어가 있어 보이지 않았다. 그의 인상착의는 장소소가 알려준 것과 똑같았다.

"그대가 곤룡조 정일우겠지? 친구 따라 강남 간다는 말도 있다지만 당신은 정도가 지나쳐. 당신은 위군학 보주의 명령에 죽고 사는 종이나 하인이 아니지 않나? 친구가 여자를 원한다고 그 여자의 남편을 죽이다니. 그러고도 정파인이라 할 수 있을까. 사도를 걷는 자들도 하지 않을 짓이 아닌가."

정일우라 지목된 중년인의 눈빛이 차가운 살기를 머금었다.

그가 위군학에게 말했다.

"보주, 저자의 말을 더 듣고 있으려나? 위아래도 없이 없는 말을 지어내 면전에서 이처럼 사람을 모욕하는 자의 말을!"

위군학은 씁쓸한 표정을 지었다.

"먼저 엉뚱한 소문부터 내고 나를 찾아오는 자들이기에 대체 왜 그런 짓을 했는지 사연을 들어보려 했을 뿐일세. 저처럼 없는 말을 지어내는 미친놈일 줄은 예상하지 못했네그려."

산하가 하는 말을 전혀 귀담아듣는 기색이 보이지 않는 대화였다. 하지만 산하는 신경 쓰지 않았다. 어차피 위군학이나 정일우가 진실을 인정하고 사과할 거라는 기대도 하지 않았으니까. 말 몇 마디에 개과천선할 자들이었다면 그런 짓을 할 리가 없는 것이다.

그럼에도 그는 대화를 해야 했다.

숭양보 무사들은 저간의 사정을 전혀 모르고 있었다. 숭양보를 통틀어도 사정을 아는 자는 많아야 대여섯 명을 넘지 않을 게 분명했고, 다른 사람들은 호북 남부무림의 정도 명문 숭양보의 자부심 넘치는 무사들일 뿐이었다.

그는 숭양보의 무사들에게 고민과 선택의 기회를 주고 싶었다. 자신들의 수뇌가 과연 지킬 가치가 있는 자들인지에 대해.

그의 속마음을 알았다면 이 자리에 있는 사람들은 어이가 없었을 것이다. 세파를 겪은 무림인이라면 누구도 하지 않을 순진무구하기까지 한 생각이었기 때문이다.

뼛속까지 무림인이기엔 그가 산을 내려와 보낸 시간은 아직 너무나 짧았다.

그는 위군학의 말을 무시하며 말했다.

"유 낭랑을 포기하시오. 그리고 여기 있는 사람들에게 더 이상 손대지 않겠다고, 그들의 안전을 보장하겠다고 약속하시오. 약속한다면 나는 이대로 돌아갈 의향이 있소."

위군학은 어처구니가 없어 잠시 동안 말을 하지 못했다. 여인과 아이가 포함된, 고작 다섯 명을 데리고 와서 백여 명이 넘는 무인을, 그것도 적지 한복판에서 협박하고 있는 산하의 정신이 온전하다는 생각이 전혀 들지 않았다.

"정녕 뚫린 입이라고 아무렇게나 말을 뱉는 놈이로구나. 나는 너와 함께 온 여인을 탐낸 적이 없다. 하지만 내 평생 여인을 핍박한 적이 없으니 그녀의 안전은 보장하마. 그러나 다른 자들의 안전은 보장할 수 없다. 너희는 죽어야 한다. 내 동생을 죽인 자들에게 혈채를 받아내지 않는다면 천하가 나를 비웃을 테니."

숭양보의 인물들과 산하 일행은 두 사람에게 타협의 여지가 없다는 것을 알 수 있었다.

교차하는 구석이 전혀 없이 서로의 의견은 마주 보며 평행으로 달리고 있었다.

긴장의 파고가 높아져 갔다.

그 속에서 유일하게 웃는 사람이 있었다.

화태건이었다.

관제묘에서 열락궁과 오도칠을 상대할 때에 비하면 그야말로 괄목상대할 만큼 어수룩함을 벗어난 산하였다. 그는 산하의 등을 대견(?)하다는 시선으로 보고 있었다. 물론 아무도 그의 속을 아는 사람은 없었고.

일류당주 문천영이 한 걸음 앞으로 나서며 위군학에게 말했다.

"보주님, 제가 없는 말을 지어내어 보의 명예를 더럽힌 자들을 베겠습니다. 허락해 주십시오."

말을 하는 그의 살기에 젖은 두 눈은 산하에게 못 박히듯 고정되어 있었다.

위군학은 천천히 고개를 끄덕였다.

문천영이 한 걸음 앞으로 나서자 우번각이 그와 어깨를 나란히 하며 함께 걸음을 내디뎠다.

두 사람 모두 숭양보의 핵심 무력 단체를 이끄는 수뇌였지만 서열상 문천영은 우번각보다 조금 더 높았다. 문천영이 나서겠다고 했지만 서열상 그가 손을 쓰기 전에 우번각의 월륜당이 나서는 게 경우에 맞았다.

그리고 이는 사전에 약속된 것이기도 했다.

문천영과 우번각이 앞으로 나서자 도열해 있던 무사들의 기세가 일변했다.

문천영이 입을 열었다.

"보주께서는 여인과 아이의 안전만을 보장하셨다. 다른 자들은 죽여도 좋다!"

한기가 풀풀 날리는 차가운 음성.

숭양보의 너른 앞마당이 숨 막히는 살기에 휩싸인 것은 순간이었다.

第五章

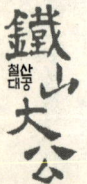

鐵山大公

산하는 일백에 달하는 숭양보의 무사들이 검과 도가 주종을 이루는 자신들의 애병을 움켜잡는 것을 보며 혀를 찼다.

무사들의 눈은 살기에 젖어 있었고, 다른 감정은 보이지 않았다.

무사들에게 생각할 여유를 주고자 했던 그의 의도는 여지없이 실패했다.

그는 천천히 내력을 끌어올렸다.

하단전에 잠들어 있던 바다처럼 거대한 진력이 굼실거리는 파도처럼 흘러나오더니 전신으로 퍼져 나갔다.

느릿하다는 느낌이었지만 실상 진력이 그의 십이경락을

일주천하는 데 걸린 시간은 촌음도 되지 않았다.

만약 지금 그가 무슨 생각을 하고 있는지 그의 속마음을 읽을 수 있는 사람이 있었다면 기함했으리라.

'산에서 내려와서는 처음으로 제대로 무공을 써보게 되겠구먼. 힘 조절을 어느 정도까지 해야 되는지는… 뭐 일단 부딪쳐 보면 알 수 있겠지.'

숭양보의 무사들이 오 장여 앞까지 밀려드는 것을 보던 산하의 뇌리에 스쳐 간 생각이었다.

대열의 앞에서 산하를 향해 한 걸음씩 접근하던 무사들의 안색이 묘해졌다.

그들의 눈앞에는 분명 아이를 포함한 여섯 명이 있어야 했다. 그런데 그렇지가 않았다.

보이는 것은 칠흑처럼 검은 장포를 입은 생전 처음 본 싶은 거대한 체구의 사내 한 명뿐이었다.

상식적으로 그가 아무리 체격이 거대하다 해도 나머지 사람들의 모습이 눈에 들어오지 않는다는 건 말이 되지 않았다. 더구나 그의 정면에 있는 무사들이라면 몰라도 좌우에 있는 사람들에게는 흑의인 말고 다른 사람들이 보여야 했다. 그런데 보이지 않는 것이다.

보이는 것은 오직 장대한 체구의 흑의인뿐이었다.

숭양보 무사들의 무공 수준은 상당히 높아서 일백 무사 중 이십여 명은 일류고수 소리를 들을 만한 고수였다. 그러나 일류로 분류될 만한 무사들조차 다른 무사들이 보는 것과 같은 것밖에 보지 못했다.

그 의미는 컸다. 그러나 무사들은 자신들의 눈에 보이는 현상의 의미를 깨닫지 못했다. 그들이 이해할 수 있는 수준의 현상이 아니었을 뿐만 아니라 그럴 만한 시간적 여유도 없었기 때문이다.

그들이 내심 고개를 갸우뚱할 때 산하의 일진 태풍과도 같은 전진이 시작되었다.

"뭐… 뭐냐!"

무사들의 후미에서 느긋하게 앞으로 걸어나오던 문천영과 우번각이 눈을 부릅떴다.

장대한 체구의 흑의인이 오른쪽 어깨를 앞으로 하며 무릎을 살짝 구부리는 것까지 보았을 때 그들은 흑의인의 속을 읽지 못하고 눈살을 찌푸렸다.

흑의인의 첫 자세는 어떤 문파의 무공 기수식에도 없는 자세였다.

눈살을 찌푸린 그들이 일말의 불안함을 느끼며 걸음을 빨리 하려 할 때 오른쪽 어깨를 앞세운 흑의인이 무서운 기세로 앞으로 달려나왔다.

두두두두두두.

흑의인의 발밑에서 백석이 미친 듯이 부서지며 하얀 돌먼지가 자욱하게 뒤로 날렸다.

숭양보 인물들은 입을 쩍 벌렸다.

웅장한 뿔을 앞세운 한 마리 거대한 수소를 연상시키는 저돌적인 진격.

위군학조차 멍해졌다.

무공의 상리를 벗어난 돌격이었다.

천하에 누가 있어 저런 단순하고 무식한 돌격에 들이받치겠는가. 경신술을 배운 무인에게 있어 저런 식의 공격은 그야말로 웃음거리밖에 되지 않았다.

사람들은 누구나 그렇게 생각했다.

진격의 결과가 눈앞에 드러날 때까지는.

그리고 그 결과가 나오기까지는 눈 두어 번 깜박거릴 정도의 시간밖에 걸리지 않았다.

흑의인의 진격을 가장 앞에서 맞이한 무사들은 입꼬리에 비웃음을 머금으며 각자의 무기를 쳐들었다.

도열한 무사들의 최일선은 월륜당 무사들이 맡았다. 일륜당 무사들은 검을 쓰고, 월륜당 무사들은 도를 쓴다.

수십 자루의 도가 햇살 아래 진득한 살기를 머금은 청망을 뿌리며 산하를 향해 곧추세워졌다. 그러나 무사들의 도가 보인 움직임은 그것으로 끝났다.

무사들의 안색이 흙빛으로 변했다.

어디에서 시작된 것인지 감조차 잡을 수 없는 막대한 압력이 밀려들고 있었다.

압력은 먼저 그들이 움켜쥔 도의 움직임을 봉쇄했다.

기이한 압력으로 인해 도가 움직임을 멈춘 순간 당황한 무사들은 경신공을 펼쳐 산하의 정면에서 벗어나려 했다. 본능은 그들에게 끝없는 경고 신호를 보내고 있었다.

그러나 그들의 시도는 실패했다. 움직일 수 없는 것은 도만이 아니었던 것이다. 무사들의 몸도 그 자리에 마치 뿌리박힌 것처럼 고정되었다.

그런 무사들을 가공할 기세를 담은 산하의 오른쪽 어깨가 해일 같은 기세로 덮쳤다.

콰아아아아앙!

마른하늘에 날벼락이 치는 듯한 굉음과 함께 장내의 사람들은 피아를 막론하고 눈을 휘둥그레 떴다.

"우아악!"

"커!"

"괴… 괴물……!"

사람들이 새처럼 공중을 날고 있었다.

굉음과 함께 수십 명의 무사가 입에서 피를 분수같이 뿜어내며 태풍에 휘말린 가랑잎처럼 사방으로 정신없이 튕겨 나갔다.

우당탕 쿠당탕!

털썩!

투투투툭!

온갖 괴이한 비명 소리, 그리고 삼사 장 이상을 새처럼 날아간 무사들이 떨어져 지면과 충돌하며 내는 소음이 장내를 뒤흔들었다.

산하의 기괴한 돌진으로 인해 그의 앞 십여 장은 텅 비었다. 그곳을 차지하던 삼십여 명의 무사는 처절한 신음과 함께 지면을 나뒹굴고 있었다.

머리가 깨진 자, 팔다리가 부러진 자…… . 상처는 다양했다. 그러나 겉으로 보이는 상처는 아무것도 아니었다. 산하와 충돌한 무사들의 내부는 엉망이 되었다. 최소 한 달 이상 정양해야 회복될 내상을 입은 것이다.

한 번의 공격으로 산하는 십 장을 전진했고, 숭양보의 월륜당 무사 절반이 무력화되었다.

산하는 걸음을 멈추고 어깨를 세웠다.

단순하기 그지없어 보이는 돌진. 그러나 산하는 십 장을 전진하기 위한 돌진에 네 가지 무공을 사용했다.

철왕수미대정력(鐵王須彌大正力)의 십대요결 중 하나인 패엽다리니결로 진기를 무사들의 머리 위에 넓게 펼친 후 십이금룡수 중의 포획금룡(捕獲禁龍)으로 진기의 천라지망을 만들어 무사들의 움직임을 속박하고, 천혼불사탄강의 호신강기로 전면을 방호한 후 마지막으로 대력금강장(大力金剛掌)의 절초인 철벽추 수법을 장이 아닌 어깨에 실어 무사들의 진형을 붕괴시킨 것이다.

가히 대성문 파괴용 공성병기인 충차의 돌진을 연상시키는 움직임이었다.

장내는 깊은 침묵에 빠져들었다.

위군학의 안색은 돌처럼 굳었다. 그는 동만일의 보고가 헛되지 않았을 뿐 아니라 과장된 것도 아니라는 것을 깨닫고 있었다.

다른 사람들의 안색이야 두말할 필요도 없었고, 산하의 일행조차 크게 놀라 일시지간 표정 관리를 할 수 없을 정도였다.

피아 간에 산하가 어떤 무공을 사용했는지 알아본 사람은 아무도 없었다.

그가 사용한 무공은 이미 강호상에 등장하지 않은 지 수십 년이 흐른 데다가 그 무공을 사용하던 사람들은 당시에도 세상 사람들 앞에서 무공을 드러낸 적이 거의 없었다.

그러나 그가 사용한 수법이 무엇인진 몰라도 천하에 드문 절기라는 것 정도는 삼척동자라도 알 수 있는 일이었다.

다른 건 차치하고, 허공으로 튕겨 나간 삼십여 명의 무사가 들고 있던 검이 유리 조각처럼 산산이 부서진 채 지면 곳곳에 흩어져 있지 않은가.

산하의 돌진은 갑작스러웠고 빨랐다.

미처 피하지 못한 무사들의 검은 산하의 육신과 정면으로 충돌했고, 저 꼴이 되었다.

숭양보 정도 되는 문파의 무사들이 사용하는 검이 하품의 저질일 리 없다. 그런 검들이 사람의 몸과 부딪쳐 박살이 났다. 통상의 무림 상식으로는 있을 수 없는 일이었다.

후미에서 느긋하게 걸어나오던 문천영과 우번각의 움직임이 빨라졌다.

그들은 썰물처럼 갈라진 무사들 사이를 통과해 앞으로 나섰다.

문천영이 말했다.

"너는 누구냐!"

그의 음성은 지금의 심정을 대변하듯 무거웠고, 차가운 살기에 젖어 있었다.

"강산하."

산하는 덤덤한 어투로 말을 받았다.

문천영의 얼굴이 와락 일그러졌다.

그는 상대의 이름을 물은 게 아니었다. 상대도 그걸 모를 리 없을 터. 그런데도 대뜸 이름만 대는 건 자신을 희롱하려 한다고 봐야 했다. 그는 산하의 태도를 그렇게 받아들였다.

그가 알까.

산하가 나름 성의껏 대답했다는 사실을.

"맹룡불과강이라……. 실력에 자신이 있으니까 그 숫자로 본 보를 찾았다는 걸 알겠다. 하지만 너는 이 자리에서 죽는다. 이곳은 대숭양보다!"

산하의 굵은 눈썹이 꿈틀거렸다. 자신의 목숨을 주머니 속의 물건처럼 취급하는 문천영의 말에 기분이 상한 것이다.

그는 쉽게 화를 내는 성격도 아니고, 인내심은 스승도 감탄할 정도로 강했다. 하지만 그렇다고 그의 성격이 마냥 무르기만 하다고 생각하면 그만한 착각도 없었다.

"내 목숨이 당신 손에 쥐어져 있는 것처럼 얘기하는구먼. 능력이 있으면 한번 죽여봐."

덤덤하고 느릿느릿하게 흘러나오는 굵고 낮은 목소리.

하지만 문천영은 전신에 돋는 갑작스러운 소름에 내심 진저리를 쳐야 했다.

이유는 몰랐다.

산하와 문천영의 거리는 삼 장.

문천영의 오른손이 천천히 왼쪽 허리에 차고 있는 검의 손잡이를 잡아갔다.

그는 호북성에서 열 손가락 안에 꼽히는 쾌검의 달인이다.

산하는 가볍게 주먹을 한 번 쥐었다가 폈다.

눈앞에는 상당히 강해 보이는 중년 검수, 그 뒤에는 도검을 치켜든 칠십여 명의 무인과 위군학을 비롯한 숭양보의 수뇌가 있었다.

그러나 그는 별다른 긴장을 하지 않았다.

일백 명 단위 이상의 무인과 싸워본 경험. 산하에게 그런 경험이라면 신물이 날 정도로 풍부했다. 그것도 공격은 하지 못하고 일방적으로 두들겨 맞는 싸움의 경험이.

그를 일방적으로 공격했던 무인들은 이백이 넘었고, 그 수준도 이들과 비교할 수 없을 만큼 뛰어났다.

위군학은 실수를 한 것이다. 물론 몰라서였지만 숫자로는 절대로 그를 위협할 수 없었다. 더구나 이미 강호에 나와 자신의 능력이 어느 정도인지를 어렴풋이나마 각성한 산하를 대상으로는 더욱 그랬다.

문천영의 눈빛이 중하단을 향한 검첨만큼이나 날카로운 빛을 발했다.

한순간 그와 산하의 거리가 사라졌다.

보이는 것은 산하의 목을 노리고 날아드는 시퍼런 검광의 궤적.

출수와 거의 동시에 산하의 두 눈 세 치 앞에 도달하는 문천영의 검은 무수한 싸움에서 그에게 승리를 안겨준 섬광일류검의 검로를 충실히 따르고 있었다.

문천영의 입가에 승리를 확신하는 미소가 떠올랐다.

제아무리 뛰어난 외문기공을 수련한 자들이라도 단련하지 못하는 신체 부위가 있다.

바로 눈이었다.

그는 월륜당 무사 삼십을 몸통 공격 한 방으로 무력화시킨 산하의 외문기공이 절세의 경지에 이르렀다고 판단했다. 산하의 무공을 인정하였기에 그는 싸움의 시작부터 눈을 노린 것이다.

산하는 멀뚱히 서서 문천영의 검을 바라보기만 했다. 그가 움직이기 전까지 사람들은 산하의 눈이 문천영의 검에 꿰뚫린 것이라고 생각했다. 그의 대응이 너무 늦어 보였기 때문이다.

위군학의 입가에 미소가 떠올랐다.

역시 문천영은 숭양보 오대고수의 일인이라는 평을 들을 만했다.

그러나,

미소를 짓던 위군학은 산하의 활짝 편 오른손 바닥이 천천히 올라와 직진하던 문천영의 검을 중동에서 툭 치는 것을 보았다.

그의 눈이 일순간 멍해졌다.

눈으로 보면서도 이해할 수가 없는 현상이었다.

분명 산하의 손은 문천영의 검보다 느렸다. 그런데도 문천영의 검첨이 산하의 눈에 도달하기 전에 그의 손이 먼저 검의 중동을 치고 있었다.

쾅!

산하의 몸과 부딪친 무기들은 하나같이 화탄이 터지는 소리가 났다. 문천영의 검도 예외는 없었다. 그의 검이 화탄에 맞은 것처럼 터져 나갔다.

산하의 일곱 자 앞에 중동에서 터져 나가 두 자도 채 되지 않게 변해 버린 검을 든 문천영의 안색은 시체처럼 창백했다. 입가에 흐르는 검붉은 핏물은 단 일격으로 그가 입은 내상이 심상치 않다는 것을 극명하게 드러냈다.

그의 동공은 풀려 있었다. 자신에게 벌어진 일인데도 믿을 수가 없었기 때문이다.

산하가 한 걸음 앞으로 나섰다.

동시에 문천영의 머리 위를 단숨에 뛰어넘은 우번각이 자신의 도를 산하의 머리를 향해 도끼를 내려찍듯 그어 내렸다.

반월형의 궤적이 도와 함께 허공을 수직으로 갈랐다.

그가 평생을 고련한 월광도법이다.

"이놈, 멈춰랏!"

쑤와앙!

도가 도달하기도 전에 공기를 찢어발기는 요란한 파공음이 먼저 났다.

문천영이 단 일격을 버티지 못하는 것을 본 우번각이기에 필생의 공력을 실어 일도를 펼친 것이다.

텁!

기괴한 소리가 났다.

우번각은 공중에 뜬 상태로 움직임을 멈췄다.

그가 필생의 공력을 담아 펼친 도의 중동이 흑의인의 왼손에 덥석 잡혀 있었다. 마치 어린아이가 휘두른 나뭇가지를 붙

잡기라도 한 듯 그 손에는 한 올의 긴장도 실려 있지 않았다.

"뭐, 뭐냐?"

그의 두 눈은 퉁방울처럼 튀어나왔고, 쩍 벌어진 입술 사이로 새어 나오는 음성은 대책없이 떨렸다.

산하는 도를 움켜쥔 손목을 슬쩍 비틀었다.

도의 손잡이를 쥔 우번각의 신형이 도신이 뒤틀리는 대로 허공에서 반 바퀴를 회전했다.

기겁을 한 우번각은 도를 손에서 놓으려 했지만 그것은 불가능했다. 도의 손잡이에 아교라도 발라놓은 것처럼 그의 손은 도병을 놓지 못했다.

산하의 손목이 한 번 비틀렸다.

꽝!

우번각의 머리가 백석을 뚫고 목까지 파묻히며 내는 소리가 숭양보를 떨어 울렸다.

내공으로 머리를 보호했기에 죽지는 않았지만 충격은 고스란히 뇌에 전해져 그는 정신을 잃었다.

사람들은 멍해졌다.

손을 쓸 틈도 없이 벌어진 일이었다.

믿어지지 않는 일이어서 당황한 탓도 있었지만 산하의 단순한 움직임은 단순하기에 무섭도록 빨랐다.

이십여 년이 넘는 세월 동안 동고동락한 우번각이 지면에 거꾸로 처박히는 것을 본 문천영은 절반도 채 남지 않은 검을 곧추세우며 산하에게 달려들었다.

"죽어랏!"

악에 받친 그의 일갈은 처절했다. 하지만 듣는 사람들은 왠지 그가 발버둥치는 느낌을 받았다. 그리고 그 느낌은 옳았다.

산하는 자신에게 달려드는 문천영을 향해 일 보를 내디뎠고, 왼손으로 문천영의 반검을 아무렇지도 않게 걷어냈다. 그리고 올라가는 오른 손바닥.

"입 다물어! 윗사람의 지시가 올바르지 않은 것을 알면서도 따르는 자가 무슨 말이 그리 많은가!"

쾅!

벼락 치는 소리와 함께 문천영의 반검이 손잡이만 남기고 가루가 되고, 같은 시간 왼뺨을 강타당한 그의 신형이 입에서 부러진 이빨과 피를 허공에 뿌려대며 사오 장 뒤로 휠휠 날아갔다.

털썩……

대외적으로 숭양보의 무력을 책임지는 양대 중추라고 불리는 두 명의 일류고수가 반송장이 되는 데 걸린 시간은 촌각에 불과했다.

저벅.

처척.

우르르.

산하가 한 걸음 내딛자 서 있던 칠십여 명의 무사가 자신도 모르게 두어 걸음 뒤로 물러섰다. 약속한 것도 아닌데 그들의 발은 마치 맞추기라도 한 듯 일사불란했다.

장내는 물을 뿌린 것처럼 조용했다.

"센 놈이군."

정일우의 음성은 위군학이 처음 듣는다 생각될 정도로 가라앉아 있었다.

위군학은 고개를 끄덕였다.

두 사람 모두 강호의 칼바람을 맞은 세월이 사십 년이 넘었다. 이 정도까지 상대가 무력시위를 했는데 그 능력을 알아보지 못할 사람들이 아니었다.

그들은 상대를 경시하던 마음을 버렸다.

상대는 그들이 단신으로는 승리를 장담할 수 없는 절세의 고수였다.

위군학이 말했다.

"자네가 이번에도 힘을 써준다면 정가장의 규모를 두 배로 키울 수 있는 자금을 내어주겠네."

정일우의 입가에 미소가 떠올랐다.

"그렇게까지 신경 써준다면 진력을 다하지 않을 수 없겠군."

정일우의 답변을 들은 위군학은 자신의 주변에 서 있는 사람들을 돌아보았다.

오남 일녀의 그들은 육십을 넘은 노인들이었는데 눈빛에 정광이 번뜩였다.

"구경이나 하십사 하고 모셨는데 상황이 여의치 않군요. 장로님들이 거들어주셔야 되겠습니다."

오남 일녀 중 가장 나이가 많아 보이는 은염의 노인 노적무가 손에 든 삼 척 장검을 들어 포권하며 말했다.

"본 보에 대적이 들었으니 어찌 뒤로 물러나 있겠소이까. 보주의 명이 아니더라도 나섰을 것이외다."

분노와 살기에 젖은 눈으로 산하를 노려보는 그는 전대의 일류당주로, 쓰러진 문천영의 사부였으며 여섯 명으로 구성된 장로원의 원주였다. 그리고 위군학과 더불어 숭양보 최고의 양대고수 소리를 듣는 절정의 무인이기도 했다.

"원주님, 잠시 참아주십시오. 제가 먼저 저놈을 상대하겠습니다."

노적무의 앞으로 나선 정일우가 말과 함께 신형을 날렸다.

무사들의 대열을 바람처럼 통과한 그는 다른 말 없이 바로 산하와의 거리를 좁혔다.

소맷자락 속에 숨어 있던 그의 두 손이 불쑥 튀어나오며 산하의 미간과 옆구리를 찍어갔다.

매의 발톱처럼 구부러진 그의 손가락 끝에서 흘러나온 매서운 경기가 공간을 사납게 갈랐다.

어지간한 철판도 종잇장처럼 찢겨 나갈 기세.

정일우는 시작부터 십이성 전력을 다했다. 상대의 능력을 눈으로 본 후가 아니던가.

구파일방의 일원으로 수백 년간 중원무림을 떨어 울린 공동의 절학 곤룡참마조법이었다.

정일우의 별호 곤룡조는 그의 무공에서 나왔다.

공동파의 무공은 변방의 거친 바람 속에서 창안된 터라 한때 중원 정파에서 경원시되었을 정도로 초식이 담고 있는 형과 기세가 패도적이고 잔인하기로 정평이 나 있다.

보통의 무인이라면 곤룡참마조가 닿기도 전에 먼저 그 기세에 내부의 경락이 흔들렸을 것이다. 공동파의 무공 대부분은 내가중수법의 묘리를 기본으로 하기 때문이다.

그러나 정일우에게 불행하게도 산하는 보통의 무인이 아니었다.

정일우를 보는 산하의 눈빛은 뜨거웠다.

손휘와 곽지상에게 들은 바로는 공로명을 죽인 건 위군양이었다. 하지만 공로명을 제압하여 위군양에게 내어준 자는 정일우였다. 사실상 공로명을 죽인 자가 정일우인 것이다.

정일우가 손을 쓴 직후 산하도 두 손을 움직였다. 그는 정일우와 같은 유형의 사람은 사람으로 보지도 않았다.

정일우가 나서기 전 그와 위군학이 나눈 대화를 산하도 들었다.

장소소의 말대로 두 사람이 죽마고우일지도 몰랐지만 정으로 묶인 사이가 아님은 간단한 대화만으로도 추측이 가능했다. 이득을 위해 무공을 쓰는 자를 어떻게 정파의 무인이라 할 수 있을까.

산하는 두 손을 들어 이마와 목으로 접근하는 정일우의 손을 가볍게 쳐냈다.

마치 파리라도 쫓는 듯 아무렇게나 휘저어지는 손길이었지만 그 손길을 본 정일우의 안색은 참혹하게 일그러졌다.

곤룡참마조의 궤적 전체가 산하의 단순한 손길에 틀어 막혔을 뿐만 아니라 단숨에 그의 전신이 그 손의 공격 범위 안에 들어갔다는 것을 알아차렸기 때문이다.

정일우는 전력을 다했던 공세를 거두며 오른발로 왼발 등을 걷어찼다. 허공으로 다섯 자를 솟구친 그의 신형이 둥글게 원을 그리며 반회전했다. 그리고 두 손으로 산하의 정수리와 어깨를 찍고, 두 발로 번갈아 산하의 등을 걷어찼다.

천하에 명성을 떨친 공동의 절기 곤룡참마조와 운리번신의 경공, 그리고 회류각법이었다.

그뿐만이 아니었다.

정일우의 공세가 변화하는 시점에 노적무를 비롯한 여섯 명의 장로가 신형을 날렸고, 칠십 명의 무사가 산하를 향해 도검을 곧추세우고 달려들었다.

약속이라도 한 듯한 광경.

이 공세는 노적무의 전음에 의한 것이었다.

그는 정일우와 산하의 일 초 겨룸을 보고 승부의 결과를 예측할 수 있었다.

결과가 예상대로 나오게 놔둘 수는 없었다.

문도 걸어 잠근 마당이 아니던가.

산하의 뒤에 서 있던 화태건 일행의 안색이 하얗게 변했다.

정일우의 공세가 위협적이기 때문은 아니었다. 정일우가 제아무리 강하다 해도 그의 공격에 산하가 위험해질 거라는 생각은 조금도 들지 않았으니까.

하지만 몰려드는 장로들과 무사들은 가볍게 생각할 수가 없었다. 그들의 기세는 처음과 달랐다. 생사대적을 눈앞에 둔 사람들처럼 살벌하기 그지없었다.

이제 그들도 산하를 막지 못하면 오늘 숭양보가 어찌 될 것인지 감이 확실하게 잡힌 것이다.

정일우의 공격이 산하의 몸에 반 자 거리까지 다가갔을 즈음 노적무를 비롯한 육 장로는 산하의 일 장 앞까지 접근했다. 그들의 공세가 파도처럼 산하에게 밀려들었다.

산하는 슬쩍 한 걸음 앞으로 나섰다.

노적무의 입가에 차가운 조소가 스쳐 지나갔다.

정일우의 공세를 피하기 위해서는 그 수밖에 없었지만 그

보다 무서운 여섯 장로의 공세에 머리를 들이미는 격이었
다.

문천영의 검과는 비교할 수 없을 만큼 강력한 섬광일류검
의 공세가 산하의 목을 횡으로 베어갔다. 그리고 다른 다섯
장로의 무기와 육장이 무서운 힘을 담고 산하의 전신으로 날
아들었다.

산하의 커다란 몸이 그들의 공세에 뒤덮였다.

파상적인 공세.

산하의 커다란 두 눈이 바다처럼 깊은 빛을 발했다.

그의 입술이 천천히 벌어졌다.

"정도 명문에 속한 자, 그리고 수장의 벗 된 자가……."

그의 상체가 갑자기 두 개로 늘어났다. 허리 아래는 그대로
있고 상체만 숫자가 불어난 것이다.

정일우의 손과 발이 두 개로 늘어난 산하의 상체 사이를 허
무하게 쳤다.

정일우의 우측 반 자 옆에서 두 개로 늘어났던 산하의 상체
가 하나로 합쳐졌다.

경악한 정일우의 신형이 허공에서 공중제비를 돌며 튕기
듯이 장로들의 머리 위로 이동했다.

디딤대가 없는 상황에서의 공중 이동.

무림고수다운 경공이었다.

정일우가 허공에서 미끄러질 때 무겁고 흔들림없는 산하

의 목소리가 사람들의 귀를 울렸다.

"사도로 빠지는……."

그는 손을 쭉 뻗었다.

장대한 몸만큼이나 긴 팔.

정일우의 안색이 사색이 되었다.

왼 발목이 거대한 갈고리 같은 산하의 손에 잡힌 것이다.

그는 오른발로 자신의 발목을 잡은 산하의 손목을 걷어찼다.

그러나 그의 대응은 반 박자 늦었다.

산하의 왼 손목이 슬쩍 비틀렸다.

우두둑!

입을 딱 벌린 정일우의 얼굴색이 시퍼렇게 질렸고, 그의 움직임이 정지되었다. 그는 진력을 끌어올려 저항하려 했지만 그건 가능하지 않았다.

산하의 비어 있는 오른손 장심이 무서운 기세로 정일우의 등 뒤 명문을 후려쳤다. 명문을 강타한 산하의 진기는 직진하며 정일우의 기해혈을 강타했다.

"커헉!"

정일우의 입에서 선홍색 피 화살이 토해졌다.

산하는 부러진 정일우의 발목을 잡아 그대로 앞으로 내던졌다.

쑤와아아앙!

귀를 찢는 파공성.

뒤를 따르는 건 산하의 묵직한 목소리.

"수장이 잘못할 때 직언으로 바로잡지 않은 죄는……."

노적무를 비롯한 여섯 장로는 기겁을 했다.

정일우를 제압하는 산하의 움직임은 그리 빠르지 않았다. 그럼에도 그들은 산하를 공격할 시점을 놓쳤다. 산하가 그들을 공격하지 않고 있음에도 운신의 흐름이 끊기고 있었다.

그들이 어찌 알겠는가.

산하의 장중한 음성에 무림사의 한 장을 장식했던 절세의 음공이 실려 있다는 것을.

정일우의 몸이 날아오는 기세는 가공 그 자체.

노적무는 정일우를 벨 수 없어 검을 거두며 비켜섰고, 다섯 장로도 감히 정일우를 받아 들 생각조차 하지 못하고 분분히 옆으로 신형을 날렸다.

장로들이 그러할진대 무사들이야 말해 무엇하랴.

옆으로 뛰며 정일우가 날아오는 방향의 길을 내주는 무사들의 모습은 놀란 메뚜기를 연상시킬 정도였다.

투더더더더덕, 쾅!

얼굴부터 지면과 충돌하며 연못 위를 튀는 물수제비처럼 앞으로 튀어나가던 정일우의 신형은 위군학이 서 있는 계단의 초입과 충돌하며 멈췄다.

뿌옇게 일어난 돌먼지가 그의 뒤를 따랐다.

머리가 깨지고 안면이 뭉개진 채 정신을 잃은 정일우의 모습은 처참했다.

"입이 백 개라도 변명의 여지가……."

공포스러운 산하의 말은 계속되고 있었다.

산하는 두 손을 활짝 폈다.

"…없다!'

굉량한 마지막 말과 함께 그의 장대한 신형이 무서운 기세로 노적무의 정면으로 쇄도했다.

"이놈!'

까마득한 무림 후배에게 훈계를 들은 노적무의 얼굴은 노여움으로 홍시처럼 붉어졌다.

그의 마음을 그대로 담아 섬뜩하기 그지없는 살기를 안개처럼 흘리는 검신이 산하의 목을 향해 섬광처럼 날아들었다.

금방이라도 목이 꼬치처럼 꿰뚫려도 하등 이상하지 않을 듯한 광경.

그러나 노적무의 두 눈을 타는 듯 강렬한 시선으로 똑바로 응시하고 있는 산하의 얼굴에 두려움이나 긴장 따위는 한 올도 보이지 않았다.

산하의 목이 비스듬히 두 치를 이동했다.

스팟!

노적무의 검이 산하의 목을 뚫고 뒤로 빠져나왔다.

두 사람의 움직임이 너무나 빨라 보는 사람들에겐 그렇게 보였지만 노적무의 검은 종이 한 장 차이로 산하의 목을 스쳐 지나갔다.

당사자인 노적무는 자신의 검이 허공을 찔렀다는 것을 너무나도 잘 알았다.

필생의 진력이 담긴 섬광일류참의 절초가 빗나간 것이다.

이를 악문 그의 손목이 움찔거렸다.

검을 변화시켜야 했다.

하지만 그것은 그의 마음뿐이었다.

그의 검이 일 촌을 움직이기도 전에 산하의 활짝 편 오른 손바닥이 그의 뺨에 닿고 있었기 때문이다.

쾅!

비명도 없었다.

광대뼈 아래로 턱이 함몰된 노적무의 신형이 거대한 철벽에 부딪친 것처럼 뒤로 튕겨 나갔다.

털썩!

그의 신형이 지면을 나뒹굴기도 전에 연이어 폭음이 터져 나왔다.

쾅!

환상처럼 다섯 자를 이동한 산하의 왼손이 노적무의 좌측 후미를 따라오며 권을 날리던 장로, 상천목의 오른 뺨을 강타한 것이다.

털썩!

쾅!

털썩!

…….

폭음은 다섯 번.

지면에 육신이 충돌하며 나는 소리도 다섯 번.

아무도 움직이려 하지 않았다.

일류당주와 월륜당주를 필두로 호북 남부무림의 명숙 정일우, 그 뒤를 이어 여섯 명의 장로가 정신을 잃고 누워버렸다.

위군학을 제외한 숭양보의 무력 수뇌부가 일각도 되기 전에 전멸했다.

간이 떨려 숨 쉬기도 힘든 판국인데 누가 있어 감히 입을 열어 말할 수 있겠는가.

아직 서 있는 무사의 수는 칠십이나 되었다.

땅에 못이라도 박힌 것처럼 움직이지 못하는 수하들의 등을 바라보는 위군학의 안색은 푸르뎅뎅했다.

상상해 본 적도 없는 일이 면전에서 일어난 것이다.

저벅.

산하가 한 걸음 발을 내디뎠다.

무사들의 중앙이 썰물처럼 갈라졌다.

그를 향해 도검을 세운 무사는 이제 한 명도 없었다.

목숨을 걸고 덤비는 것도 그렇게 하면 통할 것이라는 일말의 희망이 있어야 가능한 법이다.

그들의 눈앞에 있는 이는 그런 희망이 통할 상대가 아니었다.

무사들은 온몸으로 그것을 느끼고 있었다.

第六章

산하는 내심 혀를 차고 있었다.

'내가 생각보다 더 강한 건가, 아니면 이자들이 명성만큼 강하지 못한 건가.'

지금의 상황은 그가 예상했던 것과는 약간 달랐다.

그는 어느 정도는 고생할 각오를 했다. 그리고 유청림 모녀를 지키기 위해서 스승과 유 노야에게 배운 무공을 쓸 생각도 가지고 있었다.

애석하게도(?) 그 예상은 전부 빗나갔다.

'생각보다 너무 약골들인걸. 쩝, 어떻게 시골 산적들만도 못한 거야. 이런 자들이 호북 남부무림의 중심 문파라고?'

쓰러진 자들을 보며 잠시 상념에 잠겼던 산하는 고개를 들었다.

아직 이곳의 상황은 완전히 끝난 것이 아니었다.

가장 중요한 인물, 위군학이 남은 것이다.

위군학은 정신이 반쯤 나간 얼굴이었다.

그럴 만도 했다.

지금 땅에 누워 있는 자들 중 절반은 그가 일대일로 싸워도 수백 초는 싸워야 승부가 날 사람들이었다.

그런 사람들이 저 거구의 흑의인 손에 일 초를 버티지 못하고 쓰러졌다.

결론은 간단했다.

그의 무공으로는 죽었다 깨어나도 흑의인을 이길 수 없는 것이다.

"당신은… 대체 누구요?"

그의 목소리는 심하게 떨렸다.

수하들의 앞이기에 억제하려 안간힘을 다했지만 떨림을 막을 수는 없었다.

산하는 느릿하지만 흔들림없는 걸음으로 한 걸음씩 위군학에게 다가갔다.

무사들은 이를 악물었다.

위군학은 그들이 십수 년을 모셔온 숭양보의 보주다.

흑의인의 접근을 허용할 수는 없었다.

외부에서 들어온 월륜당의 무사들은 극심한 두려움에 빠져 쉽게 몸을 움직이지 못했지만 대를 이어 숭양보에 몸담은 일륜당의 무사 삼십여 명은 경직된 몸을 힘겹게 움직여 산하의 앞을 막아섰다.

산하가 위군학의 눈을 보며 말했다.

"이들을 물리시오. 당신이 무슨 짓을 했는지도 모르는 사람들의 병풍 뒤에 숨어만 있을 거요? 그러고도 당신이 한 문파의 당주라 할 수 있소?"

위군학은 모멸감에 입술을 깨물어야만 했다.

산하의 말은 하나도 틀리지 않았다.

이 정도 상황이 되면 그가 나서는 것이 순리였다.

이곳은 다른 곳도 아닌 그의 대지가 아니던가.

그러나 그는 나서지 못했다.

산하가 너무나 무서웠기 때문이다.

산하는 눈살을 찌푸렸다.

위군학의 심정이 손에 잡힐 듯했다.

어떻게 저런 심성을 가진 자가 정도 명문의 수장이 될 수 있었는지 납득이 되지 않을 정도였다.

그래서인가.

마음속의 분노가 더욱 커졌다.

저런 자의 지시에 의해 갖은 고생을 한 유청림 모녀와 죽어간 공로명이 안쓰럽기 이를 데 없었기 때문이다.

앞을 가로막은 일류당 무사들을 바라보는 산하의 눈은 무섭도록 강렬했다.

일류당 무사들은 검을 곧추세웠다.

위군학이 앞으로 나서지 않는 것에 대해 그들도 실망을 하고 있었다. 그러나 선택의 여지는 없었다. 그들이 충성하는 대상은 위군학으로 대표되는 숭양보였기에. 그들은 위군학의 무사이기 이전에 숭양보의 무사로 평생을 살아온 사람들인 것이다.

무사들의 선두에 서 있던 사십대 중년인, 일류당 부당주 광일학이 이를 악물며 소리쳤다.

"보주님을 뵈려면 내 시체를 밟고 가야 할 것이다!"

말은 결기에 차 있었다. 그러나 앞으로 먼저 나서는 사람은 없었다. 그들은 검을 곧추세웠다.

한 열이 여섯 명씩 다섯 겹을 이룬 중첩 대형.

충성심은 가상했지만 위군학에게 가려면 뚫고 가야만 하는 자들이었다.

산하는 크게 한 걸음 내디디며 무릎을 굽히고 오른쪽 어깨를 앞으로 내밀었다.

일류당 무사들의 안색이 사색으로 변했다.

선두에 서 있던 월륜당의 진형을 무너뜨렸던 그 공포스러운 돌진 자세였다.

쾅!

"우와악!"

"컥!"

"흐윽!"

폭음, 부서진 검편들, 어지러운 비명 소리, 난무하는 피 화살과 사방으로 날아가는 육신.

위군학은 자신의 이 장 앞에서 신형을 멈춘 장대한 흑의인을 두려움에 가득 찬 눈으로 바라볼 뿐 말을 잃었다.

그의 머릿속은 텅 비었다.

대항해야겠다는 생각조차 하지 못했다.

상대는 그에게 불가항력이라 할 만한 절세의 고수였고, 평생 숭양보의 울타리 안에서 수하들에 둘러싸여 살아온 그가 언제 이런 적과 싸워본 적이 있으랴.

산하는 천천히 주먹을 들어 올렸다.

대화를 할 시간은 지났다.

그가 막 손을 뻗으려 할 때였다.

"그만! 거기까지!"

힘이 가득 실린 음성이 산하의 등 뒤에서 들려왔다.

산하는 살짝 눈살을 찌푸리며 손을 멈췄다. 그리고 돌아섰다, 정면의 위군학이 어떻게 나오든 전혀 관심없다는 듯이.

돌아선 산하의 눈에 백석 대로를 따라 걸어오고 있는 약관의 은의미청년과 사십대 중반의 무사 한 명이 보였다.

정문은 온전했다.

그들은 담을 뛰어넘은 듯했다.

산하는 눈살을 찌푸리긴 했지만 그다지 놀란 얼굴은 아니었다.

예상했던 자들의 등장이었기 때문이다.

허리춤에 순백의 섭선을 꽂고 뒷짐을 진 채 산책이라도 나온 것처럼 한가롭게 걷는 은의미청년은 공손무양이었다.

공손무양은 장내의 광경에 호기심이 동한 듯 흥미롭다는 표정으로 사방을 돌아보며 걸어와 산하의 앞 십여 장 되는 곳에서 걸음을 멈췄다.

유청림을 진법으로 호위하고 있던 화태건 등의 얼굴에 긴장이 떠올랐다.

그들은 산하와 새로이 나타난 은의미청년 사이에 있게 되었기 때문이다.

산하의 부스스한 머리카락 사이로 드러난 큰 눈과 눈을 마주친 은의미청년 공손무양이 입을 열었다.

"그대가 세가에 서신을 보낸 사람인 모양이로군."

산하는 말없이 고개를 끄덕였다.

그 태도에 기분이 상한 듯 공손무양의 입꼬리가 살짝 말려 올라갔다.

"거만하지만 한 번은 봐주지. 숭양보를 이 지경으로 만들 실력은 있어 보이니까."

뱉듯이 말한 그의 시선이 유청림을 향했다.

그의 눈이 반짝였다.

"호오, 과연 위 보주가 욕심을 낼 만한 미모로군."

나직하게 중얼거린 그가 산하에게 눈을 돌렸다.

"그대가 의도했던 대로 나는 세가에서 왔다. 이제 이곳의 일은 내가 처리하도록 하지. 서신의 내용이 사실이라는 것을 안다. 그렇다 해도 본가의 그늘 아래 있는 숭양보에서 이런 일을 벌인 건 중죄야. 하지만 참작할 만한 사정이 있으니 이번만은 넘어가겠다. 다친 자들은 여럿이지만 죽은 자가 없기도 하고. 그대들이 이곳에서 벌인 일은 불문에 붙이겠다. 이만 떠나도록!"

위군학의 안색은 사색이 되었다.

그는 은의미청년이 모습을 드러낸 순간 그가 누군지 한눈에 알아보았다.

자신이 직접 그의 생일날 공손세가를 방문해 선물을 전한 적도 여러 번이었으니 못 알아볼 수가 없었다.

그런 공손무양이 산하를 용서한다고 하지 않는가.

그에겐 최악의 상황이었다.

반면 공손무양의 말을 들은 산하는 소리없이 흰 이를 드러내며 웃었다.

황당해서 웃음이 나온 것이다.

그가 한 번도 들어본 적이 없는 명령조의 말투였다.

초면에 이 정도면 가히 안하무인이라 할 수 있었다. 그럼에도 공손무양의 태도는 오만하다기보다는 자연스러웠다. 태어나서 지금까지 저런 말과 행동이 자연스럽게 받아들여지는 환경에서 자랐다는 걸 누구라도 알 수 있을 정도로.

산하는 웃었지만 화태건과 손휘 등은 금방이라도 폭발할 것처럼 화난 얼굴들이 되었다.

난데없이 나타난 자가 감 놔라 배 놔라 하고 있지 않은가.

은의청년이 범상치 않은 기도의 소유자라는 건 그들도 알아보았다. 그러나 오만하기 이를 데 없는 그의 태도는 그들의 속을 부글부글 끓게 만들었다.

이미 그들에게 있어 하늘과도 같은 존재가 된 산하를 수하 부리듯 하는 걸 어떻게 견딜 수 있을까.

일행의 진형 가장 후미에 자리 잡고 있던 건 곽지상이다.

가뜩이나 성격이 까칠한 그다.

대로한 그가 입을 열어 소리를 치려 했다.

그것을 산하의 굵은 음성이 막았다.

"조금만 더 기다려. 내 일은 아직 끝나지 않았다. 일이 끝나면 그대가 있으라고 해도 떠난다."

공손무양의 눈에 조금씩 살기가 차올랐다.

남익은 어이가 없어 저절로 입이 벌어졌다. 산하를 보는 그의 눈은 풀려 있어서 멍해 보이기까지 했다.

흑의인은 공손무양의 정체를 알고 있음에도 그의 지시를 일언지하에 거절했을 뿐만 아니라 반말로 말을 받았다.

174

공손무양을 모신 이래로 한 번도 겪은 적이 없는 상황이다.

이 현실을 어떻게 받아들여야 할지 그의 머릿속은 일순 난마처럼 뒤엉켜 버렸다.

공손무양의 음성이 얼음처럼 차가워졌다.

"체구만큼 간도 큰 자로군. 마지막 경고다. 떠나라. 내 인내심은 그리 크지 않다."

산하는 손을 휘휘 저었다.

"거참, 기다리라고 말했구만 말귀를 못 알아듣네. 나도 같은 말 반복하는 거 별로 좋아하지 않아."

공손무양의 그리 크지 않은 인내심은 마침내 바닥이 났다.

"숭양보 정도를 상대하고 나니 눈에 보이는 게 없는가 보지? 본 공자가 하늘이 얼마나 높고 바다가 얼마나 깊은지 알게 해주마."

그는 뒷짐을 풀며 말을 이었다.

"남익, 앞에 있는 떨거지들을 치워라."

"예, 삼공자님."

남익은 가볍게 주먹을 움켜쥐며 앞으로 나섰다.

그림자처럼 공손무양의 옆에 있을 때는 느껴지지 않던 묵중한 기세가 그의 전신에서 흘러나왔다.

그는 세가 내에서도 십대권법가의 일인으로 인정받는 권법의 절정고수였다.

공손무양이 말한 떨거지들, 화태건과 손휘 등의 얼굴에 긴

175

장의 빛이 스쳐 지나갔다.

그들은 처음에 공손무양의 정체를 알지 못했다.

산하로부터 사전에 아무런 언질을 받은 것이 없는 그들로서는 당연한 일이었다. 그러나 산하와 공손무양의 대화를 듣고 나서는 사정이 달라졌다.

그들은 공손무양이 어느 곳에 속한 사람인지 깨닫고 있었다.

당세 무림에서 숭양보를 그늘 아래 두고 있는 세가라면 하나뿐이었으므로.

상식적으로 생각할 때 저들이 공손세가에서 나왔다면 다가서는 중년 무사와의 싸움은 하나마나였다.

은의미청년이 공손세가에서 공자 소리를 듣는 자라면 세가의 핵심 인물일 터. 당연히 그를 호위하는 무사의 실력은 최고에 속한다고 보아야 했다.

흑도의 마천루와 더불어 천하 정도무림을 지배하고 있는 청천단심맹의 한 축, 공손세가의 공자를 단독으로 호위하는 무인.

더 이상의 설명은 불필요했다.

반면에 그들의 실력은 갓 이류에 턱걸이한 수준에서 맴돌고 있는 것이 현실.

그들에게 믿을 건 산하에게 배운 삼위호왕진뿐.

남익을 보는 그들의 눈이 열기로 타올랐다.

산하가 없었다면 숭양보로 올 꿈도 꾸지 못했을 그들이다. 하지만 그들은 숭양보에 왔고, 초토화시키다시피 했다. 물론 산하에 의해서이긴 했지만.

숭양보나 공손세가나 버거운 상대이기는 매한가지였고, 여전히 산하는 그들의 등 뒤에 우뚝 서 있었다.

변한 것은 없었다.

기죽거나 두려워할 이유도 없는 것이다.

남익은 어이가 없어 피식 웃었다.

하룻강아지 범 무서운 줄 모른다는 말이 딱 어울리는 상황이었다.

장내의 상황으로 보아 실력이 꽤 있는 자들이라는 건 인정하지만 그래도 자신의 상대는 아니었다.

자신의 앞에서 하잘것없는 발톱을 치켜세우는 자들을 보는 남익의 두 눈은 차가운 분노로 젖어 들어갔다.

공손무양과 남익의 하는 양을 지켜보던 산하의 미간이 좁아지며 커다란 눈이 가늘어졌다.

그는 장강에서 배를 타기 전 하오문에 부탁해서 공손세가에 서신을 보냈다. 당시의 그가 원했던 건 이런 상황은 물론 아니었다.

그는 위군학을 쓰러뜨린 이후 숭양보의 움직임을 제어해야 한다고 생각했다. 숭양보는 정도의 명문이다. 수장이 잘못되었다고 해서 멸문시킬 수는 없었다.

공손세가는 위군학에게 볼일이 끝난 그가 더 이상 손을 쓰지 않기 위해서 필요했던 것이다.

그가 듣기로 공손세가의 일 처리는 엄격하고 공정할 뿐만 아니라 의협지도에 어긋나지 않는다고 했기에 그것을 믿고 서신을 보냈던 것이다.

어느 정도의 양보도 할 의향이 있었다.

공손세가의 적합한 사후 처리를 기대한 만큼 그에 걸맞은 양보도 해주는 것이 순리였기에.

그랬던 것인데…….

처음부터 일이 꼬였다.

그는 공손무양이 저처럼 안하무인 식으로 일 처리를 하리라고는 생각지도 못했다.

그는 위군학이 목표였는데 위군학은 아직 멀쩡했다.

그로서는 떠날 수 없는 상황이었고, 사정을 아는 자라면 자신이 떠날 수 없다는 걸 알 터였다.

서신을 받은 공손무양은 당연히 알 것이고.

지금의 상황은 산하의 예상 밖이었다. 그리고 그건 산하의 잘못이라기보다는 그가 막강한 권력을 가진 사람들, 그 안에서 태어나고 자란 사람들이 어떻게 생각하고 행동하는지를 모르기 때문에 발생한 일이라고 보는 게 옳았다.

공손무양의 입장에서 본다면 그는 잘못한 것이 없었고, 산하가 무례하고 거만한 것이었다.

숭양보는 외견상 독립된 문파였지만 실제로는 공손세가에 속한 것이나 다름없다.

다른 사안이었다면 숭양보를 이 지경으로 만든 자는 말할 필요도 없이 즉결처분했을 터였다.

그럼에도 그는 산하 일행에게 이 일을 불문에 붙이겠으니 그만하고 떠나라고 했다. 그것만으로도 그는 산하 일행에게 많은 양보를 한 셈이었다.

그리고 자신의 신분으로 양보를 했으니 언뜻 보아도 낭인에 불과한 산하 일행은 감사하며 받아들여야 한다고 믿었다.

그것이 올바른 선택이라는 것이 그의 생각이었다.

그런데 고맙다는 말은커녕 오히려 일언지하에 거절당했으니 분노할 수밖에.

서로의 자란 환경이 다르기 때문에 생긴 사고방식의 간극은 이렇게 컸다.

공손무양은 산하만을 보았다.

남익이 상대하는 자들은 쳐다보지도 않았다.

그는 장내에서 벌어진 싸움이 끝난 시점에 숭양보에 들어왔다. 그래서 싸움을 보지 못했다.

당연히 그는 산하가 단신으로 숭양보 무인들을 쓰러뜨렸다고 생각하지 않았다. 산하 일행 모두가 손을 써서 지금의 상황을 만들었다고 생각했다.

남익이 상대하려 하는 세 명의 청년이 포진하고 있는 진세의 범상치 않은 기세가 그의 생각에 확신을 더했다. 물론 산하는 일행 중 가장 강한 자였고.

그의 생각은 무림의 일반적인 상식에 기반하고 있었다.

비록 숭양보 무사들이 공손세가의 무사들에 비할 수 없이 약하다고 하지만 단신으로 일백을 상대할 수 있는 고수는 세가에도 그리 흔하지 않았다.

더구나 엉망진창이 되어 정신을 잃고 쓰러져 있는 일월당주와 육 장로, 그리고 공동의 속가고수 곤룡조 정일우가 포함된 무력이라면 더욱더 그랬다.

남익이 말없이 화태건 등을 향해 주먹을 뻗어갈 때 공손무양의 발끝도 지면을 박찼다.

비조처럼 날아오른 그의 신형이 남익과 화태건 등의 머리를 훌쩍 뛰어넘더니 십여 장의 거리를 찰나지간 가로질러 산하의 정면에 나타났다.

반 호흡도 걸리지 않은 시간 동안 벌어진 일이었다.

산하의 큰 눈이 번쩍였다.

무림에 나온 이래 그가 본 경공 중 세 번째로 뛰어난 것을 공손무양은 보여주고 있었다. 첫 번째는 사마화정, 두 번째는 장강의 배에서 불청객 상관운으로부터 본 경공이었다.

허리춤에 꽂혀 있던 섭선을 언제 빼 든 것일까.

서슬 퍼런 칼날처럼 날카로운 경풍 일곱 가닥이 산하의 가슴을 향해 화살처럼 파고들었다.

공손무양이 가장 자신하는 십팔로천풍선법의 절초 칠상시(七傷矢)가 구성 공력을 담고 펼쳐진 것이다.

칠상시는 공손무양조차 배운 후 몇 번 펼친 적이 없을 만큼 치명적인 위력을 내포하고 있는 초식으로, 일곱 개의 경풍 중 하나라도 맞으면 경기가 신체 내부로 파고들어 경락과 장부를 무너뜨리는 내가중수법이었다.

상대의 무공을 어느 정도 인정했기 때문이기도 했지만 다짜고짜 이 초식을 사용할 정도로 그는 대로한 상태였다.

산하의 두 눈 깊은 곳에 불꽃 하나가 피어올랐다.

분노였다.

상대의 초식에는 명백한 살의가 담겨 있었다.

숭양보에 들어온 이후 그는 아직 한 명도 죽이지 않았다. 애초부터 사람을 죽일 생각도 갖고 있지 않았고.

그런데도 공손세가의 청년은 첫 초식부터 그를 죽일 마음을 갖고 무공을 사용하고 있었다.

그는 두 주먹을 거머쥐며 들어 올렸다.

그 순간 자신의 앞에서 태연하게 등을 보인 산하의 등을 보며 치욕감에 몸을 떨고 있던 위군학이 쌍장을 들어 전력을 다해 산하의 등을 후려쳐 갔다.

세 치 두께의 철판도 우그러뜨리는 경풍이 그의 장심에서 쏟아졌다. 뼈와 살로 이루어진 몸으로는 견딜 수 없는 강력한 기운이다.

숭양보 위가에 전승되는 비전 대숭양수였다.

숭양보주로서의 지위와 그가 무림 중에서 갖고 있는 명성을 생각한다면 생각지도 못할 비열한 행위였다.

하지만 지금 그의 뇌리엔 오직 산하를 죽여 버려야 한다는 생각 외에는 아무것도 떠오르지 않았다. 수치심에 입술을 깨물며 고개를 떨어뜨리는 수하들의 모습도 눈에 들어오지 않았고.

산하는 오른발을 앞으로 내밀며 상체를 반쯤 틀었다. 그리고 거머쥐었던 왼손을 풀며 위군학의 대숭양수의 기세 전면에 둥근 원호를 하나 그렸고, 오른손의 주먹은 그대로 공손무양의 칠상시 한복판에 찔러 넣었다.

움켜쥔 오른 주먹을 감싸듯하며 은은한 황금빛의 서기가 일렁였다.

단순하기 이를 데 없는 움직임이었고, 믿을 수 없을 정도로 군더더기가 없어 일견 우아하게 보일 정도였다.

그러나 그의 장과 권을 맞이한 위군학과 공손무양이 받아들이는 느낌은 전혀 달랐다.

위군학의 대숭양수의 강력한 기세는 산하의 왼손이 그리는 원호의 궤적에 마치 빨려 들어가는 듯싶더니 왼손의 움직임이 하단에서 멈추었을 즈음엔 한 가닥 미풍이 되어 스러졌다.

위군학의 얼굴에 경악과 두려움의 빛이 뚜렷해졌다.

공손무양의 형편은 위군학에 비해 더 좋지 않았다.

한 주먹.

단 한 주먹일 뿐이었지만 그의 정면, 칠상시의 날카로운 경풍 중앙은 단숨에 구멍이 뻥 뚫렸다.

그 뚫린 구멍 속으로 산하의 주먹이 섬전처럼 날아들었다.

대경실색한 공손무양은 칠상시를 거두며 전력을 다해 천풍선법 구명절초인 첩첩운해를 펼쳤다. 그의 앞에 섭선의 그림자로 이루어진 방벽이 솟아올랐다.

산하의 주먹과 천풍선의 방벽이 무서운 기세로 충돌했다.

쾅!

사람들은 섭선의 방벽이 해변가에서 아이들이 만든 모래성처럼 허무하게 스러지는 것을 보았다. 그리고 이어 공손무양의 손아귀에 들려 있던 섭선이 폭발하듯 산산조각이 되어 터져 나가는 것도.

허공중에 떠 있던 공손무양의 신형이 화살 맞은 기러기처럼 아래로 뚝 떨어졌다.

지면에 발을 딛자마자 정신없이 서너 걸음을 물러서는 그의 모습은 초췌하기 이를 데 없었다. 머리카락은 산발이었고, 턱은 선홍빛 핏물에 젖어 있었다.

"울컥!"

떨리는 손으로 가슴을 움켜쥔 그의 입술을 비집고 한 덩이의 핏물이 더 튀어나와 지면을 적셨다.

심각한 내상을 입은 것이다.

고개를 흔들며 산하를 보는 그는 눈동자의 초점을 맞추려 애를 써야 했다.

단 일격이었다.

공손세가의 직계로 이십 수년간 가문의 비전절기를 익혀 또래의 후기지수 중에는 마땅한 적수가 없다 자부하던 그가 단 일격에 무너진 것이다.

처음의 단정하고 냉엄하던 기세는 약에 쓰려고 해도 찾아볼 수 없었다.

공손무양의 첩첩운해가 무너질 때 대숭양수가 허무하게 봉쇄된 위군학은 다시 절초를 펼치려 했다. 하지만 더 이상의 기회는 그에게 주어지지 않았다.

원호를 그리며 아래로 내려가 있던 산하의 왼손이 마치 순간적으로 공간을 이동하기라도 한 것처럼 불쑥 코앞에 나타나더니 그의 목을 움켜쥐었기 때문이다.

위군학의 전신은 강철로 만든 그물에 걸린 물고기처럼 경직되었다. 그는 손끝 하나도 까닥이지 못했다. 알 수 없는 기운이 그의 전신을 포박하고 있었다.

설령 그렇지 않다 해도 그는 움직이지 못했을 것이다. 초식도 필요없었다. 산하의 손목이 비틀리면 그의 목은 수수깡처럼 부러져 나갈 터였다.

산하는 왼손을 거침없이 들어 올렸고, 위군학의 두 발은 힘없이 지면을 떠났다.

장내는 또다시 물을 뿌린 것처럼 조용해졌다.

세 번의 권격으로 삼위호왕진의 외곽을 거침없이 두들기며 호왕진을 두 걸음이나 물러서게 만들었던 남익도 움직임을 멈췄다.

그는 침을 꿀꺽 삼키며 산하를 경악에 찬 눈으로 올려다보았다.

시중에서 손쉽게 구할 수 있는 거친 흑의.

선이 굵은 얼굴.

평생 처음 본다 싶을 만큼 큰 키와 체구.

부스스한 머리카락 사이로 보이는 커다랗고 순해 보이는(?) 두 눈.

체구 외에는 눈에 띄는 것이 없는 천상 별 볼일 없는 낭인의 행색이 아닌가.

그러나 그가 선보인 무공은 소름이 끼칠 정도의 것이었다.

공손무양은 그보다 이십여 년이나 연하였지만 무공 실력은 그보다 두 수 이상 위였다. 게다가 위군학은 공손무양보다 결코 약하지 않은 고수였다.

그런 공손무양과 위군학이 대항다운 대항 한 번 제대로 하지 못하고 단 일 초에 무너졌다.

남익은 물론이고 공손무양도 깨닫고 있었다.

숭양보의 무사들과 장로들을 잠재운 사람이 산하 혼자라

는 것을.

이제 장내의 생살여탈권이 누구에게 있는지는 자명해졌
다.

남익의 얼굴이 납덩이처럼 무거워졌다.

세 명의 젊은이와 드잡이를 하는 것이 의미없는 짓이라는
것도 분명해졌다.

그의 신형이 호왕진을 무시하고 바람처럼 측면을 휘돌아
나갔다. 일 호흡 만에 공손무양의 곁에 도착한 그는 공손무양
을 부축하며 산하를 주목했다.

그의 주임무는 공손무양의 호위다.

공손무양은 자신을 부축한 남익의 손을 세차게 뿌리쳤다.

남익은 고개를 숙이며 반걸음 뒤로 물러섰다.

경황 중이라 그는 공손무양의 결벽에 가까운 자존심을 고
려하지 못했던 것이다.

산하는 커다란 눈을 껌벅였다.

깊은 곳에서 타오르던 분노의 불길이 조금씩 사그라졌
다.

그는 공손무양을 보며 느릿느릿 입술을 뗐다.

"기다리라면 기다려. 찬물도 위아래가 있는데 순서는 지키
며 살아야지. 훌륭한 가문 출신의 배울 만큼 배운 사람이 천
자문도 못 뗀 사람처럼 막무가내로 억지를 부리면 되나."

덤덤한 말투.

평소에 늘 하던, 속마음 그대로를 표현하는 그 말투였다.

하지만 그 말을 듣는 공손무양의 안색은 참혹할 정도로 일그러졌다.

산하의 성격을 모르는 그로서는 산하가 자신을 조롱하고 있다고 여겼다.

피가 거꾸로 솟는 듯했다. 가뜩이나 심하던 내상이 도지는 기분에 그는 피가 나도록 입술을 깨물었다.

미칠 지경의 열패감이 가슴을 쳤다.

완전히 주도권이 상대에게 주어져 있는 이런 상황을 그는 겪어본 적이 없는 것이다.

악다문 입술에서 피가 흘렀다.

그는 핏발 선 눈으로 산하를 보았다. 그러나 입을 열지는 않았다.

아니, 그렇게 하지 못했다.

공손세가의 위세가 뼛속까지 배어 있긴 해도 그는 패자의 도리를 알고 있는 사람이었다.

패자(敗者) 유구무언(有口無言)이 아니던가.

산하는 공손무양에게서 눈을 떼고 위군학을 보았다.

흰자가 반이나 드러난 위군학의 눈이 보였다. 극심한 두려움 때문에 눈이 돌아가고 있었다.

'겉과 속이 이렇게 다를 수가 있나.'

산하는 크게 실망했다.

위군학의 외양은 상당했다.

외모도 걸출했고, 수많은 사람을 부리며 살아온 자의 적당한 오만과 기세도 있었다.

그러나 속은 어떤가.

산하는 옥화산에 있는 화전민 마을을 전부 합친 것보다 더 큰 집단의 수장이라는 자가 이렇게 심약할 거라고는 생각지 못했다. 뒤로 구린 짓을 하는 자라 위엄은 기대도 안 했다. 하지만 적어도 독기는 있을 줄 알았는데 그마저도 엿보이지 않는 자다.

산하는 더 이상 위군학과 어떤 말도 섞을 필요를 느끼지 못했다.

예상했던 것과는 전개가 많이 달라지긴 했다. 숭양보를 떠난 후 귀찮은 일이 산더미처럼 생길 수도 있었다. 하지만 그거야 자신이 감당하면 될 몫이었다.

그는 자신이 벌인 일의 책임을 회피한다는 말 자체를 모르는 사람이다.

비어 있던 산하의 오른손이 위군학의 하단전에 닿았다가 떨어졌다.

"쿠억!"

위군학의 입에서 격한 신음과 함께 검붉은 핏덩이가 쏟아졌고, 전신이 사시나무처럼 부들부들 떨렸다.

산하는 위군학의 목을 놓았다.

털썩!

위군학의 신형이 휴지처럼 바닥에 널브러졌다.

쓰러져 떨고 있는 위군학의 전신을 장대한 산하의 그림자가 뒤덮었다.

사람들은 산하가 위군학을 죽일지도 모른다고 생각했다.

그만큼 어둡고 무서운 분위기가 산하에게 있었다.

하지만 그것은 산하의 등 뒤에서 그를 비추는 태양이 만들어낸 착시였다.

산하는 위군학을 죽일 생각이 없었고, 그럴 필요도 느끼지 못했다.

그럴 가치가 없는 자였다.

위군학을 내려다보는 산하의 눈은 바다처럼 가라앉아 있었다.

유청림을 만나고 지금 이 자리에 서기까지 그는 적지 않은 일을 겪었다.

산에서 약간 모자란 듯한 산적들(?), 그리고 순박한 화전민과 부대끼며 십여 년이 넘게 살아온 그다.

비록 생활에 필요한 모든 것이 항상 부족한 곳이었지만 옥화산 안의 세상은 정이 있었고, 서로를 믿을 수 있었다.

하지만 산을 벗어나자마자 그가 겪은 세상은 그리 아름답지 않았다. 추잡하기까지 했다.

"쩝."

그는 혀를 차며 짧은 상념을 거두었다.

거친 인기척이 다가서고 있었다.

고개를 돌린 그의 눈에 곱게 늙은 노부인의 모습이 들어왔다.

그녀는 장내의 상황에 놀란 듯 눈을 크게 뜨다가 산하의 발 밑에 쓰러져 있는 위군학을 보고 쓰러질 듯 비틀거렸다.

산하는 불쑥 그녀에게 다가가 팔을 잡아 부축했다.

자신을 부축한 산하의 굵은 팔을 잠시 내려다보던 그녀가 고개를 들었다.

그녀는 산하의 가슴에도 닿지 않았다.

노부인이 쓸쓸하게 들리는 음성으로 산하에게 말했다.

"군학이를… 군학이를 살려주시오… 소협……."

그녀를 내려다보던 산하의 큰 눈이 반짝였다.

숭양보 인물들조차 출입이 통제된 이곳에 무공을 모르는 그녀가 왔을 때부터 내심 짐작한 대로 노부인은 위군학과 위 군양의 모친 노태태 양추령이었다.

"저는 그를 죽일 생각이 없습니다. 그리고 죽일 자격도 없습니다. 그의 생사를 쥐고 있는 사람은 제가 아니라 저 여인과 그녀가 안고 있는 아이입니다, 부인."

산하의 손끝이 유청림과 연아를 가리켰다.

양추령의 눈썹 끝이 가늘게 떨렸다.

유청림과 눈이 마주친 그녀는 그 자리에 엎드렸다.

"이름이 유청림이라 들었소. 내가 자식들을 대신해 죄를 빌리다. 부디 군학이의 목숨을 살려주시오. 대신 이 보잘것없는 늙은이의 목숨이라도 원한다면 그대에게 바치리다."

유청림은 혼란스러워하는 얼굴로 양추령을 바라보았다.

그녀는 산하에 대한 굳은 믿음을 갖고 이 자리에 왔다. 하지만 양추령의 절과 사죄를 받을 거라고는 꿈에도 상상하지 못했다. 게다가 돌아가는 정황도 기이했다.

알려지기로 위군학을 종용해서 그녀와 손위 등을 잡아 죽이려 한 장본인은 양추령이었다. 그런데 양추령을 직접 본 그녀는 소문이 잘못되어도 한참 잘못되었다는 것을 대번에 깨달았다.

세파의 험함을 온몸으로 겪으며 살아온 그녀다.

양추령이 어떤 사람인지 알아차리는 건 어렵지 않았다.

양추령은 양가에서 자란 현모양처 형의 여인이었고, 그렇게 나이를 든 고운 노인이었다. 자식이 죽었다고 전후 사정도 파악하지 않은 채 복수심에 이를 갈며 난리를 칠 유형의 사람이 아니었다.

그녀는 시선을 산하에게 돌렸다.

산하의 맑고 큰 눈이 그녀의 흔들리는 눈과 마주쳤다.

"결정은 유 낭랑의 몫입니다."

굵고 낮은, 하지만 언제나 마음을 편하게 해주는 음성이 그녀의 귓전을 두드렸다.

유청림의 눈에 습기가 어리더니 이윽고 눈물이 되어 뺨을 적셨다.

그녀는 크게 숨을 들이마셨다.

가슴이 떨리고 전신이 떨렸다.

그녀가 위군학을 눈짓으로 가리키며 물었다.

"강 소협, 저 사람은 어떻게 된 건가요?"

무공의 깊은 이치를 알지 못하는 그녀다.

산하가 대답했다.

"그의 하단전을 파괴했습니다. 평범한 사람처럼 사는 건 어렵지 않을 테지만 앞으로 그가 무공을 사용하는 건 불가능합니다."

"아……!"

유청림의 입에서 놀란 탄성이 흘러나왔다.

무공을 모르는 그녀도 무인에게 하단전이 파괴된다는 게 어떤 의미인지는 알고 있었다.

절정을 바라보던 고수가 무공을 잃는다면 그 고통은 지옥에 있는 것보다 더할 터였다.

유청림은 입을 다물고 생각에 잠겼다.

산하는 위군학의 생사 여부를 그녀에게 맡겼다.

살아 있는 사람의 목숨이다.

지아비의 원수라고 하지만 평범한 여인인 그녀가 타인의 생사를 쉽사리 결정할 수 있을 리 없었다.

양추령은 떨리는 눈으로 유청림의 입을 바라보며 기다렸다.

속이 타는 듯했다.

동생의 자질을 시기해 그를 나락으로 떨어뜨리고, 그 동생을 손아귀에 넣고 뒤로 온갖 황음한 짓을 저질러 왔다 해도 위군학은 그녀의 아들이었다.

위군학에게서 본 손자가 셋이나 있어 그가 죽는다고 대가 끊어질 일은 없었다. 하지만 눈앞에서 아들이 죽어가는 것을 맨눈으로 볼 수 있는 어미가 세상에 어디 있을까.

자식은 부모를 버릴 수 있어도 부모는 자식을 버리지 못한다.

부모 자식 사이는 천륜(天倫)이라는 말이 그냥 나온 말이 아닌 것이다.

짧지만 긴 침묵의 시간이 흘렀다.

유청림이 산하를 올려다보며 입을 열었다.

"강 소협, 저 사람을 여기서 용서하면 연아 아버지가 저를 원망할까요?"

산하는 큰 눈을 몇 번 깜박였다.

생각지 못한 질문이었기 때문이다.

그의 덤덤하기만 하던 얼굴에 신중한 기색이 떠올랐다.

그가 말했다.

"제 스승님께서 해주셨던 말씀이 있습니다, 유 낭랑. 그분은 용서가 복수보다 더 용기있는 행위라고 하셨죠. 낭랑과 연아를 위해 사지(死地)조차 마다하지 않고 갔던 그분이라면 유 낭랑이 어떤 결정을 하더라도 기꺼이 받아들일 거라고 생각합니다."

유청림의 뺨이 흐르는 눈물로 젖어들었다.

그녀는 크게 고개를 아래위로 주억거렸다.

산하의 말이 옳았다.

공로명이라면, 그라면 어떤 결정을 하더라도 웃으며 그녀를 안아주었을 것이다.

그녀는 손위 등이 펼친 호왕진을 벗어나 양추령에게 다가 갔다. 그리고 엎드린 그녀의 손을 잡아 일으키며 말했다.

"강 소협의 도움으로 저는 여기까지 왔어요. 남편을 볼 수 없다는 아픔은 여전하지만 그이의 제단에 바칠 진혼의 제물은 충분하다고 생각합니다. 대부인 어른, 저는 연아가 더 이 상의 은원을 대물림 받지 않기를 바라요. 약속해 주실 수 있나요?"

양추령은 유청림의 손을 마주 잡았다.

"미안하고 또 미안하오⋯⋯. 자식을 잘못 키운 내 죄니 입이 천 개라도 무슨 할 말이 더 있겠소. 내가 막을 수 있는 한 본 보는 앞으로 그대 모녀에게 어떤 해도 끼치지 못하게 하리다."

유청림은 살짝 고개를 숙였다.

"감사합니다, 대부인 어른."

산하는 유청림에게서 시선을 거두었다.

위군학의 순서는 지나갔다.

다음 순서가 기다리고 있었다.

그는 공손무양에게 고개를 돌렸다.

"이제 네 차례로군."

공손무양은 이글거리는 눈으로 산하의 시선을 받았다.

그가 말했다.

"네 이름을 알고 싶다."

"강산하."

"본가에 서신을 보낸 의도는 알겠다. 위군학의 행태를 알려 우리가 개입하길 바란 것이겠지. 원하던 대로 되었다. 노태태께서도 말씀하셨지만 위군학 보주는 숭양보의 힘으로 저 모녀를 더 이상 핍박할 수 없을 것이다. 이는 본가의 명예를 걸고 네게 약속할 수 있다. 청천단심맹은 정도연맹이다. 모르면 몰라도 알게 된 이상 위군학 보주의 행태를 좌시하지는 않는다."

"고맙군."

산하는 진심을 담아 공손무양에게 말했다. 공손무양은 그다지 성의있는 답변이라고 생각하지 않았지만.

공손무양이 말을 이었다.

"서신의 일은 마무리되었다. 하지만 너와 나의 일은 마무리되지 않았어."

"속이 좁군."

"홋, 남한테 피가 나도록 맞아본 적이 언제인지 기억도 나지 않는다. 이런 꼴을 당하고 잊으라고 한다면 그건 무리야."

산하는 어깨를 으쓱했다.

"어떻게 해줄까?"

"준비가 되면 찾아가겠다."

"언제든지."

"숨지 마라."

"이 몸을 숨길 곳이 있으리라고 생각하나?"

"그도 그렇군."

공손무양의 입가에 쓴웃음이 스쳐 지나갔다.

산하의 체구는 평생 가도 다시 보기 어려웠다. 조금만 수소문하면 어디에 있든 찾을 수 있을 터였다.

"너와의 일은 개인적인 것이다. 세가가 나로 인해 너를 위협하는 일 따위는 없을 것이다."

"당연히 그 정도는 될 거라고 생각한다. 공손세가가 무리로 남을 겁박할 만큼 형편 무인지경이었다면 그만한 세력을 이루지도 못했겠지."

공손무양의 얼굴이 조금 풀어졌다.

눈앞의 흑의인은 세가 내에서도 흔하게 찾아볼 수 없는 절세고수다. 그런 자가 자신의 가문을 인정하고 있었다. 기분이 나쁠 까닭이 없는 것이다.

"남익."

"예, 삼공자님."

"돌아간다."

"예."

막 몸을 돌리는 공손무양을 향해 산하가 말했다.

"이름 정도는 가르쳐 주고 가야지."

"공손무양."

공손무양은 흔들리지 않는 꼿꼿한 걸음으로 떠나갔다.

보통 사람이었다면 기절해도 시원치 않을 내상이었음에도 그는 내색조차 하지 않았다.

온실 속의 화초는 맞지만 줄기가 꽤나 두터워 쉬이 부러지지 않는 화초였다.

산하는 계단 아래로 내려와 유청림에게서 연아를 건네받았다. 연아는 무슨 일이 벌어졌는지 모른 채 곯아떨어져 있었다.

연아의 토실토실한 몸이 굵은 왼 팔뚝 안에 폭 들어갔다. 연아를 내려다보는 산하의 얼굴에 환한 미소가 어렸다.

아이는 아이답게 크는 게 좋다.

이런 난장판은 가능하면 보지 않는 게 좋았다. 어리면 어릴수록 더욱더.

숭양보를 나온 산하의 발길은 장강을 향했다.

의창 외곽에 위치한 숭양보에서 강까지는 반나절 정도가 걸린다. 저녁쯤이면 장강을 볼 수 있었다.

얼마를 걸었을까.

서편을 향하는 태양의 기울기가 가팔라졌다. 바람도 선선해졌고, 푸른 하늘 곳곳에 드문드문 한가롭게 떠 있는 구름이 일행의 발걸음을 가볍게 했다.

숭양보를 떠난 후로 일행은 별다른 말이 없었다.

산하가 입을 열지 않았기 때문이다.

산하는 잠이 깬 연아를 허공에 띄워서는 이리저리 굴리거나 되지도 않는 흰소리를 주고받기만 할 뿐 숭양보에서의 일은 일언반구 뻥긋도 하지 않았다.

왜 장강으로 가는지 이유조차도 말하지 않았다. 하지만 연아와 놀아주는 그의 분위기는 편안하고 밝았다.

그의 분위기에 큰 영향을 받는 일행의 마음도 밝아야겠지만 그렇지 못했다.

위군학 건이야 정리되었다고 볼 수도 있지만 새로운 은원이 여럿 생겨난 때문이었다. 그리고 그 은원의 한복판에 있는 사람은 유청림 모녀와 손휘 등에게 은인이라 할 수 있는 산하가 아닌가.

산하는 의창 시내로 들어가지 않고 그 변두리를 돌아서 강으로 가는 길을 택했다.

오전의 일을 겪은 일행의 마음이 많이 피곤하다는 걸 알고 있었기 때문이다.

다들 마음은 가벼웠지만 눈 밑은 거무죽죽했고, 얼굴에서는 피로가 묻어났다.

실제로 힘쓰는 건 그가 다 했다고 해도 극단적인 긴장을 겪은 일행에게 평소의 활력을 기대할 수는 없는 일이었다.

의창 외곽은 높은 산이 없는 평야 지대다.

관도를 따라 걷던 산하가 백여 장 앞쪽의 왼편을 가리켰다.

오륙 장 높이의, 소나무 십여 그루에 의해 만들어진 그늘진 공터가 있는 곳이었다.

"좀 쉬어가죠."

유청림에 대한 배려다.

산하는 소나무에 등을 기대고 앉아 연아를 무릎 위에 올려놓았다.

"멧돼지 아저씨."

"왜?"

"소나무가 불쌍해."

"응?"

산하가 소나무를 돌아보았다.

"아저씨가 기대니까 소나무가 뒤로 쓰러질 거 같잖아."

"쿨럭."

누구의 입에서인가 목 메인 기침 소리가 났다.

산하는 뒷머리를 긁적이며 소나무에서 등을 뗐다.

그는 연아의 말이라면 그게 무엇이든 들어준다.

산하의 커다란 손이 연아의 머리를 한 번 쓸었다. 그럴 때마다 연아의 머리가 사라졌다 나타났다.

연아와 놀던 산하가 고개를 들었다.

그의 앞에 유청림이 서 있었다.

연아를 보며 웃기도 하고 두런두런 이야기를 나누던 손위 등이 입을 다물었다.

유청림의 분위기가 심상치 않았다.

산하가 물었다.

"유 낭랑, 하실 말씀이 있으십니까?"

유청림은 말없이 산하를 보았다.

산하는 앉아 있지만 서 있는 그녀와 눈높이 차이가 거의 없다.

유청림이 치맛자락을 살포시 잡았다. 그리고 산하를 향해 날아갈 듯 대례를 올렸다.

산하는 당황했다.

예상치 못한 행동인 것이다.

"…왜 그러십니까?"

유청림은 무릎을 꿇은 자세 그대로 말했다.

"은혜를 갚고 싶어요. 제가 할 수 있는 일이라면 무엇이든 하겠어요. 평생 강 소협의 시녀로 살아서라도 이 은혜를 갚고 싶어요."

망설임도 떨림도 없는 말.

그러나 여자가 쉽게 하기 어려운 말이었고 해서도 안 되는 말이었다.

산하는 큰 눈을 껌벅이며 유청림을 보다가 흰 이를 드러내며 싱긋 웃었다.

그가 뒷머리를 긁적이며 말했다.

"저도 사람인데 힘쓴 것에 대해 그냥 넘어갈 생각은 없었습니다. 주는 게 있었는데 받는 것도 있어야죠."

손휘와 곽지상의 얼굴에 당황한 기색이 비쳤다.

함께하며 그들이 겪은 산하는 신외지물(身外之物)에 대한 욕심이 없는 사람이었다. 그 나이 대의 젊은 사내가 가질 법한 여인에 대한 관심도 볼 수 없었다.

그러나 열 길 물속은 알아도 한 길 사람 속은 알 수 없다는 옛말처럼 사람 마음을 누가 다 알 수 있으랴.

더구나 유청림 정도의 미인이 시녀를 마다하지 않겠다고 하는데 거절한다면 그건 사내도 아니었다.

손위 등은 입술을 꾹 다물었다.

유청림의 선택이었고, 산하가 그들에게 베푼 은혜는 무엇으로도 갚기 어려울 만큼 두터웠다.

그들도 유청림의 마음과 다르지 않았다. 산하가 원하는 것이 있다면 그것이 무엇이든 할 각오가 되어 있었다. 그럼에도 마음을 파고드는 서운함은 어쩔 수 없었다.

산하가 대가를 받을 거라고 생각한 적이 없었기 때문이다.

그들 탓이라고 하기는 어려웠다.

그들이 본 산하는 대협의 기질이 있었다.

대가를 받고 협을 행한다면 그를 어떻게 대협이라 할 수 있을까.

두 사람과 달리 화태건은 아무 생각이 없었다.

산하가 무엇을 하든 거기에는 이유가 있다.

화태건의 산하에 대한 믿음은 반석도 저리 가라였다.

언제나 그렇듯 사람들의 반응을 신경 쓰지 않는 산하가 말을 이었다.

"마침 대가를 받을 생각이긴 했습니다."

유청림의 눈이 빛났다.

산하가 느릿느릿 말을 이었다.

"머리가 흐트러졌습니다. 빗겨주시겠습니까?"

그는 목 아래로 내려온 머리카락을 두어 가닥 꼬아 보였다.

거친 일을 겪고 얼마 지나지 않은데다 목말을 태운 연아가 까치집처럼 만들어놓은 후다.

그의 말처럼 머리카락은 엉망으로 흐트러져 있었다.

산하를 보는 유청림의 맑고 고운 눈에 보일 듯 말 듯 물기가 번졌다.

'내 삶도 그리 나쁜 것만도 아니었어. 공 가가와 두 분 시숙을 만나고 연아를 얻는 복을 누렸는데 강 소협 같은 분의

아낌까지 받았으니……'

유청림은 그림처럼 치맛자락을 살짝 잡고 일어났다. 그리고 산하의 뒤로 돌아갔다.

그녀는 품에서 빗을 꺼내 산하의 머리를 빗겨주었다.

선선한 바람이 슬며시 불어와 일행의 몸을 부드럽게 어루만지며 지나갔다.

유청림은 산하의 머리를 다 빗긴 후 그의 머리카락을 목 뒤어림에서 한 움큼 움켜잡아 흑건으로 묶었다.

한 동작 한 동작에 정성이 배어 있었고, 편안하면서도 조심스러웠다.

산하의 머리카락을 완전히 정돈한 유청림은 잠시 그대로 서 있다가 산하의 목에 팔을 두르고 그의 머리를 가슴에 품었다. 그리고 뺨을 그의 머리에 댔다.

예상치 못한 행동이었다.

그러나 산하는 유청림이 하는 대로 가만히 있었다.

그녀가 원하는 일이었다.

그의 뒷머리가 유청림의 가슴 사이에 푹 잠겼다.

그의 마음도 푸근해졌다.

그의 귓가에 유청림의 곱고 가는 목소리가 흘러들었다.

"고마워요, 강 소협……."

산하는 그저 빙긋 웃기만 했다.

애당초 그의 일이 아니었다. 겪고 싶던 일도 아니었다. 게

다가 대가는 그저 한마디 말에 불과했다.

그런데도 그의 마음은 더할 수 없이 따듯했고, 충만해졌다.

어차피 아무것도 바라는 것 없이 시작한 일이다. 그런데 생각지도 못했던 충만함을 얻었다.

이번 일로 그는 사람과 삶, 그리고 그들의 마음에 대해 많은 것을 배웠다.

더 이상 무엇을 바랄 것인가.

그는 커다란 손을 들어 자신의 목을 두른 유청림의 손등을 가볍게 덮었다.

늦여름 햇살이 부드러운 하오의 어느 날,

산하는 무림의 은원이 만들어낸 거대한 바다에 한 발을 들여놓았다.

第七章

鐵山大公
철산대공

유청림과 손위, 곽지상은 산하의 바짓자락을 움켜잡고 울
며불며 매달리는 연아를 억지로 달래며 떠났다.

숭양보를 방문한 다음날 아침 의창의 나루터에서 이루어
진 이별의 시간은 짧았다.

유청림 모녀가 탄 배가 가물가물 멀어지는 것을 멍한 시선
으로 지켜보던 화태건이 산하에게 물었다.

"그곳, 안전하겠죠?"

"나보다 센 사람이 가도 거기는 뚫지 못한다."

화태건의 눈이 휘둥그레졌다.

"산적과 화전민들이 사는 곳이라면서요?"

"나도 그렇게 알고 있었는데 나와서 무림이라는 곳을 겪어 보니까 내가 당연하다고 생각했던 게 당연하지 않더라. 여하 튼 세상에서 제일 안전한 곳이야. 그러니까 걱정하지 않아도 된다."

산하가 웃으며 저렇게까지 장담하는 데야 무슨 말을 더 하랴.

화태건은 내심 고개를 갸우뚱하면서도 넘어갈 수밖에 없었다.

유청림 모녀와 손위 등의 목적지는 다름 아닌 옥화산이었다.

산하는 유청림에게 서신 한 통을 써주었다.

서신을 받을 사람은 곽장수였다.

그녀가 곽장수를 만나 서신을 전해주면 그는 가족처럼 그녀 일행을 돌봐줄 터였다.

배의 뒷모습이 보이지 않게 되자 두 사람은 등을 돌렸다.

산하의 너른 보폭과 보조를 맞추려 애쓰며 걸음을 내딛던 화태건이 갑자기 어깨를 들썩이며 웃어댔다.

"킥킥킥"

"왜 웃어?"

"이렇게 가면 언제 형님 댁에 도착할까 싶어서요."

산하가 눈을 껌벅였다.

"이렇게? 무슨 뜻이냐?"

"강서성에서 만났던 놈들도 그렇고, 열락궁의 여자들도 그렇고, 숭양보도 그렇고… 형님 주변에 일이 많이 생기잖아요."

듣고 보니 화태건의 말도 틀리지 않았다.

그렇지만 행로 자체가 틀어지지 않았고, 시간은 얼마든지 있었다. 돌아가신 스승의 부탁을 들어주는 것 외에는 딱히 할 일이 있는 것도 아니지 않은가. 스승의 부탁도 기일이 정해져 있는 건 아니었고.

"뭐… 걷다 보면 언젠가는 도착하겠지."

산하의 태평한 대답이 이상하리만치 우습고 또 마음에 들어서 화태건은 고개까지 젖히고 크게 웃어댔다.

"하하하하하!"

그는 여전히 미소를 띤 얼굴로 산하에게 불쑥 물었다.

"형님, 뭐 좀 여쭈어봐도 돼요?"

"그래라."

"공손세가에 서신을 보낼 생각은 어떻게 하신 거예요?"

경탄이 어린 눈빛.

산하는 이마를 슬슬 긁었다.

"그들이 알면 도움이 될지도 모른다고 생각했을 뿐이다."

"형님이 공손세가를 불러들인 덕분에 마무리가 생각보다 잘 풀리긴 했는데, 유 낭랑을 돕기로 마음먹고 나서 어떤 방법을 쓰려고 하신 거예요? 공손세가의 그 삼공자라는 사람이 그런대로 이치를 아는데다 노태태가 소문과 다른 분이어서 다행이었지 만약 일이 꼬였으면 정말 위험할 수도 있었잖아요?"

산하는 머리를 긁적였다.

"어… 그게……."

화태건은 눈을 껌벅였다. 그러다가 무언가에 생각이 미친 듯 낯빛이 창백해졌다.

"설마… 형님……."

산하는 입맛을 다셨다.

화태건이 떨리는 음성으로 물었다.

"…설마… 아무 생각 없으셨던 거… 아니… 죠?"

산하는 화태건의 눈을 슬쩍 보고는 딴 데로 시선을 돌리며 모기 날갯짓만큼이나 작은 소리로 중얼거렸다.

"산이 나오면 넘으면 되고… 강이 나오면 건너면 되고……."

화태건이 어깨를 축 늘어뜨리며 고개를 휘휘 저었다.

선문답처럼 말을 돌리지만 결론은 간단했다.

산하는 몸으로 때우는 것 외에는 아무 생각이 없었던 것이다.

의창을 벗어난 산하와 화태건은 서북방으로 난 관도를 따라 걸었다. 서북방, 산하가 주장한 난주로 가는 지름길(?)이었다. 그리고 그 관도의 한복판에서 그를 기다리고 있는 사람이 있었다.

휘둥그레 커진 화태건의 두 눈은 금방이라도 튀어나올 것 같았다.

눈앞에 펼쳐진 광경이 그의 상상을 초월했기 때문이다.

미녀도에서 걸어나온 듯한 화의궁장여인, 그것도 백만 명 중에 한 명 있을까 말까 싶을 만큼 절세적인 미모의 여인을 필두로 한 세 명의 여인이 대뜸 산하에게 큰절을 했던 것이다.

게다가 그 절세의 미인이 절을 한 후 고개를 들어 한 말은 화태건을 거의 공황상태에 빠뜨렸다.

"소주인, 이제부터 제가 모시겠습니다."

"소… 소… 소주인?"

화태건은 입을 떡 벌리고 산하와 절세미인 사마화정을 번갈아 돌아보았다.

빗속의 사당에서 산하는 화태건의 수혈을 짚었었다. 덕분에 쿨쿨 잠만 잔 그다. 당연히 사마화정도 보지 못했다. 돌아가는 상황을 전혀 이해할 수 없는 그의 경악은 당연했다.

사마화정의 별처럼 빛나는 눈을 내려다보며 산하는 한숨만 폭 내쉬었다.

벗어날 수 없는 마수(?)였다.

"할머니······."

화태건은 눈을 휘둥그렇게 뜨고 사마화정을 멍하니 보았
다.

할머니라니?

그로서는 도저히 이해가 가지 않는 호칭이었다.

사마화정은 눈썹을 파르르 떨었다.

"호칭을 바꿔주세요, 소주인."

말끝마다 소주인이다.

산하는 어깨를 떨어뜨렸다.

어차피 말이 통하지 않는 상대다.

'기회를 봐서 도망쳐야지.'

사마화정은 천하십대경공대가 중 한 명에 꼽힐 만큼 뛰어
난 경공의 절세고수지만 그가 익힌 무공 중 최고의 성취를 이
룬 무공도 경공이다.

그는 다른 무공은 몰라도 경공 분야에서만큼은 천하의 누
구에게라도 지지 않을 거라 자부하고 있었다.

"뭐라고 불러 드릴까요?"

사마화정은 생각해 놓은 것이 있는지 망설이지 않고 대답
했다.

"화정이라고 불러주세요."

"쿨럭!"

잔기침이 절로 터졌다.

산하는 단호하게 고개를 저었다.

"그건 절대로 못합니다."

유 노인과 사마화정의 관계, 그리고 겉모습과 달리 사마화정의 나이가 얼마인지도 잘 아는 그다.

사마화정의 아름다운 얼굴이 시무룩해졌다.

화태건의 마음도 시무룩해졌다.

가히 웃음 한 번에 나라를 기울게 할 만한 미모가 아닌가.

산하가 타협안을 내놨다.

"대랑(大娘:큰아주머니)이라고 부르겠습니다."

"사마 대랑…… 소주인, 어감이 별로인데요. 사마 소저(小姐:작은아가씨)로 해주심이……."

"대랑."

"대저(大姐)는……."

"대랑!"

"소랑이라도……."

"대랑!"

"…우우……."

사마화정의 입술이 삐죽 한 치는 튀어나왔다. 하지만 산하의 눈치를 살살 보던 그녀는 산하의 뜻이 완고함을 안 듯 더 이상 고집을 부리지 못했다.

"일어나세요."

"감사합니다, 소주인."

사마화정은 자리에서 일어섰다.

그녀와 함께 절을 한 감소영과 의창분타주 연화도 조심스럽게 일어섰다.

산하가 말했다.

"대랑, 설마 다른 분들도 함께할 생각은 아니시죠?"

"말씀을 편하게 놓아주세요, 소주인."

"못합니다."

"제발⋯⋯."

"안 됩니다!"

산하의 말투는 하늘이 두 쪽이 나도 그건 안 된다는 굳건한 의지(?)를 담고 있었다.

"⋯우우⋯⋯."

사마화정의 도톰한 입술이 한 치를 더 나와 두 치는 되었다.

산하가 재차 물었다.

"저 두 분도 함께하지는 않겠죠?"

"연화는 의창분타를 맡고 있어서 돌려보낼 생각이지만 소영이는 잔심부름이라도 시킬 생각입니다, 소주인."

산하의 미간에 굽이굽이 고랑이 파였다.

감소영은 열락궁의 당대 궁주다. 사마화정이야 유 노인과의 관계 때문에 어쩔 수 없다 할지라도 감소영을 시녀로 쓸 수는 없는 일이었다. 심정적으로 사마화정도 시녀는 당연히 아니었고.

"소주인은 빼고 말씀하세요, 대랑."

"그럼 대랑 자도 빼고 말해주세요, 소주인."

산하는 고개를 절레절레 저었다.

'나이 들면 애가 된다더니……'

"알겠습니다."

하나는 타협이 이루어졌다.

산하가 말을 이었다.

"두 분은 보내세요."

뚝 부러지는 말투.

사마화정은 비 맞은 새처럼 애처롭게 어깨를 움츠렸다.

화태건은 안타까움에 속이 끓었다.

물론 산하는 아니었다.

'약한 척도 하시는구먼……'

"보내세요!"

"소영이는 밤일도 잘하는데……."

사마화정이 감소영을 왜 잡아두려 하는지 속내를 알아차린 산하는 질색을 했다.

"한 번 더 엉뚱한 말씀 하시면 대랑도 보낼 겁니다."

산하의 강경한 어조에서 진심을 느낀 사마화정은 아쉬운 듯 감소영을 돌아보며 대답했다.

"예……."

사마화정의 한 발 뒤에 서 있던 감소영의 얼굴에 환한 미소
가 떠올랐다.

그녀는 산하를 향해 진심으로 감사하다는 눈빛을 보내며
허리를 굽혀 장읍을 했다.

가히 구사일생한 사람의 얼굴이라고 해도 좋을 정도의 안
도감이 그녀의 얼굴에 떠올라 있었다. 하지만 그 미소는 오래
가지 못했다.

"소영아."

"예, 사부님."

"초희를 보내거라."

"예? 초희는 무슨 일로……?"

살짝 산하의 눈치를 살핀 사마화정이 말했다.

"시킬 일이 있다."

감소영의 두 눈이 커졌다.

"사부님, 그 아이는 이제 스물하나밖에……."

"소영아."

사마화정의 음성이 사근사근해졌다.

감소영의 얼굴은 사색이 되었다.

"알겠습니다, 사부님."

"최대한 빨리."

"바로 보낼게요."

사마화정과 감소영이 나눈 대화에 담긴 의미는 그들만이

알 수 있었다.

산하는 떠나가는 감소영과 연화를 멀뚱히 바라보다가 느릿느릿 걸음을 옮겼다.

조신하게(?) 뒤를 따르는 사마화정이라는 전혀 원하지 않았던 혹 하나를 달고서.

*   *   *

강호상에 숭양보 사건은 소문나지 않았다. 의창에서도 그것을 아는 사람은 극소수에 불과했고, 아는 자들조차 사건을 입 밖으로 내지 않았다.

그럴 수밖에 없는 강력한 힘이 개입한 것이다.

숭양보 자체적으로도 그 정도의 힘은 충분히 보유하고 있었지만 소문을 직접 통제한 건 공손세가였다.

숭양보에서의 일은 남이 알아서는 안 되는 공손세가의 치부였다. 숭양보는 그들의 그늘 아래 있는 문파였기에.

그리고 공손세가의 직접적인 소문 통제는 공손무양의 장담처럼 일이 쉽게 끝날 수 없다는 걸 의미하는 것이기도 했다.

의창 동문대로에 자리 잡은 주택가.

공손무양은 창밖의 정원에 시선을 주는 한 사람의 등을 보

217

며 무릎을 꿇고 있었다.

내상이 아직 전부 낫지는 않은 듯 그의 안색은 창백했다.

그림자처럼 그를 호위하던 남익은 방에 없었다. 그는 이곳에 들어올 자격이 없었기에.

훤칠한 키와 단단한 육신을 휘감은 순백의 백의.

칠흑처럼 검은 머리를 단정하게 정돈하고 있는 백색의 영웅건.

허리춤에 비스듬히 걸려 있는 고색창연한 삼 척 장검.

뒷짐을 지고 있는 손은 여인의 손처럼 희고 고와서 무인의 손이라는 느낌이 들지 않았다.

"일초라고 했느냐?"

"예, 둘째 형님."

대답하는 공손무양의 얼굴에 떠오른 건 경외심이었다.

"천풍선의 칠상시와 첩첩운해를 일 초로 무너뜨린 권법이라……. 어떤 무공인지 파악했느냐?"

"가장 근접한 무공은 찾아냈지만 확신하지는 못합니다."

"무엇이냐?"

"소림의 아라한신권입니다."

"……."

놀란 듯 백의인의 어깨가 순간적으로 경직되었다. 잠시 말이 없던 사내가 물었다.

"무엇을 근거로 그것이라고 생각하게 되었느냐?"

"그자의 주먹에 금빛 서기가 어려 있었습니다."

"금빛 서기? 정확하게 본 것이냐?"

"분명합니다. 과거까지 소급하면 몇 가지가 더 있을 테지만 당대 무림에 전승되는 권법 가운데 시전 시 금광이 일렁이는 건 소제가 알기로 아라한신권이 유일합니다."

"흠……."

사내의 입술 사이로 낮은 침음성이 흘러나왔다. 그의 눈에서 칼날과도 같은 섬광이 번뜩였다.

"그런데 왜 확신하지는 못한다고 한 것이냐?"

"형님도 아시다시피 아라한신권은 칠십이종절예의 상위에 있는 절학으로, 속가제자에게 전수하는 게 금지되어 있기 때문입니다. 그리고 그자는 불가의 분위기와는 거리가 멀었습니다. 이 때문에 소제는 그 권법이 아라한신권이라고 확신하지 못하고 있는 것입니다."

"일리가 있다. 하지만 만약 그가 소림의 속가라면 이는 가볍게 넘길 수 없는 일이다. 반드시 확인해야 할 일이야."

사내의 입은 더 이상 열리지 않았다.

눈앞에 선 사내의 성격을 잘 아는 공손무양은 대화가 끝났다는 것을 알 수 있었다.

*　　　*　　　*

호북성 무한.
마천루 호북지단 단주 집무실.

이도양은 눈썹을 잔뜩 찡그렸다.
"제대로 본 거 맞아?"
"예, 단주님."
얼굴을 사선으로 가로지르는 굵은 칼자국의 사내, 고홍서
가 넙죽 허리를 숙이며 말을 이었다.
"수하들을 시켜서 몇 번을 반복해서 확인했습니다. 분명히
그가 맞습니다."
"말이 되냐? 백흠이 호북성을 왜 와? 뭐 그놈도 발이 있으
니 올 수 있다고 치더라도 성의 경계를 넘는 단주의 이동은
상부의 허락이 있어야 되고, 해당 성의 단주에게 사전 통보하
게 돼 있잖아. 난 그런 걸 받은 적이 없다고."
"암행 중인 듯합니다."
"암행?"
이도양은 피식 웃었다.
"그 자식이 본성에서 암행할 일이 뭐 있어? 자기 성 관리하
기도 버거울 놈이."
"들리는 말로… 백 단주 휘하의 강서칠흉이 누군가에게 개
박살 났는데 그 당사자가 호북성으로 들어왔다는 말이 있습
니다, 단주님."

"강서칠흉이라면 십여 년 전 본 루에 투신했던 그 덩치만 커다란 모지리들 말하는 거냐?"

"맞습니다."

이도양의 눈에 호기심이 차올랐다.

"누가 그랬대?"

고홍서는 슬슬 머리를 긁었다.

"죄송합니다. 정체까지는 파악하지 못했습니다."

"몇 놈이서?"

"혼자랍니다."

"혼자?"

이도양의 얼굴에 놀람의 빛이 떠올랐다.

"그 모지리 일곱이 모이면 어지간한 고수는 찜쪄먹을 텐데? 정말 혼자 그랬대?"

고홍서의 이마에 굵은 땀방울이 맺혔다. 생각지도 않은 정보를 손에 쥐자 앞뒤 생각 없이 이도양을 찾느라 상세한 사정 조사를 하지 못한 게 후회스러웠다. 그는 두 가지를 동시에 생각하지 못하는 머리의 소유자였다.

빙글빙글 웃으며 장난스럽게 묻고 있는 이도양은 사람 좋아 보이는 외양과는 달리 성질 더럽기로 정평이 나 있다.

대답이 마음에 들지 않으면 바로 정강이로 발끝이 날아올 것이다. 그럼 열흘은 절름거려야 한다.

"그렇다고… 합니다."

"백흠이 본성에 쥐새끼처럼 몰래 잠입한 건 그 모지리들 복수해 주려고 하는 거로군."

"아마도 그렇지 않을까 싶습니다."

"대답이 구렁이 담 넘어가는 거 같다?"

힐끗 고홍서를 째려보며 쏘아붙인 이도양이 연이어 물었다.

"어디 있냐, 백흠 그놈?"

"의창에 있는 듯합니다."

"의창? 벌써?"

"백 단주가 워낙 조심스럽게 움직여서……."

"내 땅에 들어와 무한을 지나 천 리를 더 가도록 백흠을 발견하지 못했단 말이지."

"죄송… 합……."

퍽!

번개같이 날아든 발끝이 고홍서의 오른 정강이를 걷어찼다.

'끄아아아…….'

고홍서는 얼굴이 하얗게 변했지만 비명은 지르지 않았다. 비명을 지르면 이도양은 더 팬다.

어느새 자리에서 일어난 이도양이 말했다.

"애들 풀어봐. 내 땅에서 애먼 놈들이 무슨 짓을 벌이는지는 직접 봐야지."

식은땀을 줄줄 흘리던 고홍서가 허리를 꺾었다.

"알겠습니다, 단주님."

*　　　*　　　*

해가 중천을 향해 달려가는 시각.

서북방을 향해 끝도 없이 나 있는 관도 위를 이남 일녀가 한가롭게 걷고 있었다.

흑의거한이 앞장서고 절세의 미녀와 소년이 이 장 정도의 간격을 두고 뒤를 따랐다.

산하 일행이었다.

"저기……."

휘적휘적 앞서 걸어가는 산하의 뒤에서 어깨를 나란히 하고 걷던 화태건이 사마화정에게 고개를 돌렸다.

그녀와 화태건은 아직 제대로 된 인사를 나누지 않았다.

살뜰한 것과는 거리가 먼 산하가 그런 걸 나서서 챙길 리 없었다.

"왜?"

대뜸 반말.

"저는 화태건이라고 합니다."

"그런데?"

별처럼 반짝이는 눈으로 자신을 바라보는 사마화정의 모

습에 숨이 막힌 화태건은 말을 더듬고 있다는 것도 알지 못했
다.

"앞… 으로 같이… 있게 될 건데… 성함을 알아야……."

"너, 칠푼이야? 생긴 건 멀쩡한 녀석이 말은 왜 그렇게 더
듬거려?"

"치… 치… 칠푼이……."

화태건의 얼굴이 노랗게 떴다.

천재라거나 영재라는 소리는 허다하게 들어봤지만 칠푼이
라는 말은 태어나서 지금까지 한 번도 들어보지 못한 말이다.

마음에 커다란 상처(?)를 입은 화태건의 어깨가 늘어졌다.

사마화정은 내심 혀를 찼다.

활달한 기상이 마음에 들었지만 화태건은 아직 여물려면
시간이 많이 필요했다.

"나는 사마화정이다."

화태건의 얼굴이 활짝 펴졌다.

그가 물었다.

"저도 대랑이라고 불러야 하나요?"

사마화정의 그린 듯 고운 미간에 가는 골이 파였다.

"그건 소주인만 부를 수 있는 거야. 대랑이라고 부르면 그
날이 네 제삿날이야."

"…그럼 뭐라고……?"

"누나."

224

"예?"

"말만 더듬는 게 아니라 귀도 먹었네. 앞으로 나를 부를 때
는 누나라고 불러!"

"옙!"

화태건은 기운차게 대답했다.

더 이상 바랄 게 없는 호칭이 아닌가.

"누님."

화태건의 음성은 봄바람처럼 부드러웠고, 사마화정의 얼
굴엔 절로 미소가 그어졌다.

"동생, 왜~?"

쟁반 위로 옥구슬이 굴러가는 것 같은 목소리가 바로 이런
목소리일 터였다.

화태건의 눈이 몽롱해졌다.

사마화정의 미모는 인세의 것이라고 생각되지 않을 정도
였다.

청순함과 요염함, 백치미와 관능미가 이처럼 절묘하게 어
우러질 수도 있다는 것을 화태건은 눈앞에서 보지 않았다면
절대로 믿지 않았을 것이다.

그는 고개를 흔들어 정신을 차렸다. 사마화정에게 꼭 묻고
싶은 것이 있었다.

"누님, 아까 형님이 처음 누님을 보고 왜 할머니라고 부른
거예요?"

"캑!"

화태건의 입에서 격한 숨소리가 났다.

사마화정이 움직이는 걸 전혀 알아차리지 못했음에도 그의 목은 사마화정의 은어처럼 고운 손아귀에 꽉 잡혀 있었다.

사마화정은 그의 얼굴을 코앞에 끌어당긴 후 앞서 걸어가는 산하의 눈치를 살피며 속삭이듯 말했다.

"이 누나가 세상에서 제일 싫어하는 말이 그 말이거든. 이유 여하를 막론하고 그 말을 입 밖에 내면 세상 살기 싫다는 뜻으로 알아들을게. 알겠니?"

"네, 네네네."

화태건은 정신없이 고개를 끄덕이며 대답했다.

사마화정은 손아귀를 풀었다.

"캑캑."

밭은기침을 토해낸 화태건이 눈물을 찔끔거리며 사마화정을 곁눈질했다.

사마화정은 햇살처럼 환하게 웃으며 손으로 화태건의 등을 쓸었다.

"동생, 살다 보면 말이지, 궁금해도 그냥 가슴에 묻어두어야 할 질문들이 있거든. 방금 동생이 물어본 게 그런 종류야. 알겠어?"

"예, 누님."

"착한 동생이네."

사마화정은 미소를 지우지 않고 화태건의 오른팔을 당겨 팔짱을 꼈다.

화태건의 무릎에 힘이 풀렸다.

따스하고 뭉클한 느낌이 팔뚝에 전해지고 있었다.

머리끝에서 발끝까지 번개가 관통하기라도 한 것처럼 전율이 전신을 타고 달렸다.

그가 감당할 수 있는 수준을 넘어서도 한참을 넘어선 절대적인 매력이었다.

그때였다.

"대랑!"

화들짝 놀란 사마화정은 재빨리 화태건의 팔을 놓았다.

걸음을 멈춘 산하가 고개를 돌리고 그들을 바라보고 있었다.

"건아는 아직 어립니다. 장난치지 마세요."

사마화정은 커다란 눈에 눈물을 그렁거리며 입술을 삐죽거렸다.

"심심해서⋯⋯."

화태건의 마음도 슬픔으로 가득 찼다. 그러나 산하는 꿈쩍도 하지 않았다.

그는 심드렁한 어투로 말했다.

"그럼 돌아가시든지요."

"호호호, 소주인. 무슨 그런 심한 말씀을 하세요. 저는 전혀 심심하지 않아요. 조금 전엔 말이 헛나온 거예요."

사마화정은 정색을 했다.

산하는 고개를 절레절레 흔들며 다시 걸음을 옮겼다.

무슨 말을 더 하겠는가.

第八章

鐵山
철산
대공
大公

수십여 개의 개천을 건너고 그보다 많은 수의 구릉을 넘으며 해가 저물어갈 무렵이 될 때까지 걸었지만 일행은 마을을 만나지 못했다. 간간이 대륙 남부로 가는 사람들을 볼 수 있을 뿐이었다.

　"대랑."

　"예, 주공."

　가벼운 마음으로 사마화정을 불렀던 산하의 눈썹이 꿈틀거렸다.

　"주공이라뇨?"

　"곰곰이 생각해 보니까 주인 어르신이 돌아가신 마당에 주공을 소주인이라 부르는 건 말이 안 되는 것 같아서 호칭을 바꾸기로 했어요. 이건 절대 양보 못해요. 다른 호칭을 강구하라고 하시면 혀를 깨물고 죽어버릴 거예요."

'협박까지······.'

산하는 혀를 찼다.

본 나이를 믿을 수 없게 만드는 말과 행동이 끊이지 않는 사마화정이지만 유 노인과 자신을 향한 그녀의 마음은 붉디 붉었다. 타박할 수 없는 여인이었다.

산하는 풀썩 웃고 말았다.

"원하시는 대로 하세요. 그래도 사람 많은 곳에서는 자제해 주셨으면 합니다."

사마화정도 마주 환하게 웃었다.

"노력할게요, 주공."

그녀가 말을 이었다.

"그런데 하시려고 한 말씀이 무엇이었어요?"

"제일 가까운 마을까지 얼마나 가야 하는지 아십니까?"

"이 속도로 걸으면 축시 말(오후 세 시경)쯤 될 때 마을 하나를 볼 수 있을 거예요."

"흠… 대랑, 그럼 노숙하는 게 낫겠습니다. 급한 일이 있는 것도 아니니까."

반대가 있을 리 없었다.

일행 중 마음이 급한 사람은 아무도 없는 것이다.

결론이 나자 사마화정은 화태건을 슬쩍 돌아보았다.

그녀의 눈에 담긴 의미는 명백했다.

화태건은 기꺼이 나서서 노숙할 자리를 찾기 시작했다.

관도에서 오십여 장 떨어진 곳에 작은 공터를 찾은 화태건은 주변에서 마른 풀과 장작을 주워왔다. 마른 풀로는 잠자리를 하나 만든 후 화섭자를 꺼내 모닥불을 피웠다.

잠자리는 사마화정의 몫이었다.

그사이 해가 서녘으로 지고 어둠이 밀려왔다.

계절이 가을로 넘어가면서 밤바람은 서늘해지고 있었다.

산하야 한겨울에 맨바닥을 뒹굴어도 고뿔 한번 걸리지 않을 테지만 사마화정은 바람만 불어도 쓰러질 것만 같은 연약한(?) 여인이 아닌가.

최근 비가 오지 않은 탓에 바짝 말라 있던 나뭇가지들이 기세 좋게 타올랐다.

어느 틈엔가 떠오른 반달이 불빛과 어우러지며 공터의 어둠을 조금씩 밖으로 몰아냈다.

산하의 맞은편에 앉은 사마화정은 무릎을 세우고 그 위에 턱을 댔다.

그리고 편안한 얼굴로 산하에게 물었다.

"주공, 목적지가 어디세요?"

아무 생각 없는 얼굴로 모닥불에 시선을 주고 있던 산하가 고개를 들었다.

그러고 보니 사마화정과는 사적인 이야기를 나눈 적이 없
었다. 두 번째 만나서 동행한 사이니 그럴 시간도 없었고.

"난주에 가족이 있습니다."

사마화정의 눈이 커졌다.

"주공의 가족이 말이에요?"

산하는 고개를 끄덕였다.

사마화정은 생각지도 못했던 듯 놀란 기색을 숨기지 않았
다.

"왜 그러십니까?"

"선주인 주변 사람들 중 가족을 가졌던 사람은 아무도 없
었거든요. 그래서 주공께서도 가족이 없으실 거라 생각했어
요."

"정말입니까?"

"예, 선주인은 어려서 가족을 잃은 아이들만을 거두셨고,
그렇게 큰 아이들은 혼인을 하지 않았어요. 선주인께서 실종
되신 후 많은 것이 변하긴 했지만……."

"왜요?"

"가족은 치명적인 약점이잖아요. 그들을 지킬 힘이 있다면
몰라도 그렇지 못하다면 결과는 참혹할 것이 뻔했죠. 선주인
주변은 그런 분위기였어요. 제가 선주인을 떠나게 된 것도 그
런 분위기를 견딜 수 없었기 때문이고요."

　환상처럼 사마화정의 눈가에 어둠보다 짙은 그늘이 졌다

가 사라졌다.

산하는 입을 다물었다.

그가 유 노인에게 들은 이야기는 적지 않았다. 그러나 그것이 유 노인의 전부는 아니었다. 그는 유 노인에 대해 아는 것보다 모르는 것이 더 많았다.

그의 추억 속에 살아 있는 유 노인은 정이 많고 온화한 사람이었다. 사마화정이 언급한 그런 분위기하고는 하늘과 땅사이만큼의 거리가 있었다.

사마화정에게 묻는다면 모르는 사실을 많이 알 수 있게 될 터였다. 하지만 그는 묻지 않았다.

유 노인은 자신의 이름이 무림 중에 다시 회자되는 것을 원하지 않았다.

그는 잊히고 싶어한 사람이었다.

아련한 눈빛으로 어딘가를 내려다보던 사마화정은 살짝미간을 찌푸렸다.

걸어왔던 관도를 향해 고개를 돌리는 그녀의 눈빛은 얼음처럼 차가웠다.

"주공, 초대하지 않은 손님들이 오고 있어요. 지저분한 살기가 느껴져요."

산하는 눈을 껌벅였다.

"열여덟 명이로구먼. 공손무양이 한 입으로 두말하는 자였나? 그런 놈으로는 보이지 않았는데?"

235

사마화정의 말을 이상하게 여기는 기색은 보이지 않았다. 그도 기척을 알아차리고 있었던 것이다.

사마화정이 산하의 말을 받았다.

"공손가의 아이들은 아니에요. 다가서는 자들 중에서 제일 기특한 수준인 녀석조차 공손가 아이들처럼 공력이 순후하지는 않거든요. 사파 계열의 무공을 익힌 녀석들이에요."

산하는 눈을 껌벅였다.

그는 공손무양을 언급했는데 사마화정은 공손세가로 말을 받았다. 숭양보에서의 일을 모르는 사람은 그렇게 말을 받을 수가 없었다.

그는 혀를 차며 내심 고개를 젓고 말았다.

사마화정이 그를 지켜본 게 하루 이틀이 아니라는 걸 깨달은 때문이었다.

사마화정의 말이 끝날 즈음 관도 끝에 십수 명의 그림자가 달빛을 받으며 나타났다.

화태건은 입을 따악 벌린 채 산하와 사마화정을 번갈아 보았다.

그가 접근하는 자들을 보았을 때 그들과의 거리는 이백여 장에 달했다.

그런데 두 사람은 그들이 보이지 않을 때부터 기척을 알아차렸다. 상상을 불허하는 감각이었다.

검은 그림자로 보이는 자들에게 시선을 주던 사마화정이

눈살을 찌푸리더니 품에서 하얀 면사를 꺼내 눈 아래를 가렸다.

화태건이 물었다.

"누님, 왜 그러세요?"

"저들 중에 내 얼굴을 알 법한 녀석이 섞여 있어서."

이번에는 산하가 물었다.

"정체를 아십니까, 대랑?"

"마천루의 아해들이에요."

"마천루?"

화태건이 놀란 눈으로 다가서는 자들을 보았다.

여기서 왜 청천단심맹과 함께 당대 무림을 양분하다시피 하고 있는 마도제일 세력의 이름이 튀어나온단 말인가.

접근하던 자들에게 시선을 주고 있던 산하가 갑자기 풀썩 웃었다.

"형님, 왜?"

"너도 아는 자들이 섞여 있다. 저들이 마천루에 속한 자들이었나 보구먼."

"제가요?"

"그래. 잠시만 기다려라. 보면 안다."

정말이었다.

열여덟 개의 그림자가 십여 장 근처로 접근했을 때 화태건은 그들 중 일곱의 낯이 익다는 것을 깨달았다.

보기 드문 거구, 대부분 뼈와 턱이 어긋나 있어 기괴하게 보이는 얼굴들.

화태건은 눈을 크게 떴다.

"저들은!"

강서성에서 산하에게 귀뺨(?)을 한 대씩 얻어맞고 오도칠과 수하들에게 업힌 채 초라하게 떠나간 그자들이었다.

"으드드드득!"

부러져라 이를 가는 소리가 천둥치듯 났다.

상명효와 여섯 아우가 낸 소리였다.

"단주님, 저놈입니다."

백흠의 눈에 기이한 빛이 떠돌았다.

상명효가 손짓으로 가리킨 거한이 천천히 자리에서 일어나고 있었다.

마치 태산이 일어서는 듯했다.

가슴이 답답해질 정도로 거대한 느낌.

'정말 큰 놈이군.'

백흠은 마천루의 강서지단을 맡을 정도로 강한 고수였다. 하지만 그의 안목은 한계가 있었다. 만약 그가 지금보다 두어 단계 더 강했다면 자신이 받은 느낌이 산하의 체구에서 우러난 것이 아니라는 걸 알아차렸을 것이다.

강호에는 선자불래(善者不來) 래자불선(來者不善)이라는 경구가 있다.

선한 자는 오지 않고, 온 자는 선하지 않다.

이 상황에 딱 맞는 말이었다.

어쨌든 제 발로 찾아온 손님들이었다.

밤바람에 흑포 자락을 가볍게 날리며 우뚝 선 산하의 얼굴에 흰 선이 그어졌다.

웃음이다.

상명효와 여섯 아우를 스쳐 지나간 그의 시선이 백흠에 닿았다.

그가 말했다.

"개를 때렸더니 개 주인이 맨발로 뛰쳐나온 격이로구면."

"쯧쯧, 그놈 참 비유하는 것하고는. 네 소재를 파악하느라 생고생을 했다. 그렇게 명을 재촉하지 않아도 죽여줄 테니 재촉하지 마라."

백흠은 혀를 차며 말했다.

그와 열 명의 호위는 강서지단의 핵이었다.

그는 혼자서 칠흉을 죽일 수 있는 고수였고, 호위들은 둘만으로도 칠흉을 넉넉히 상대할 수 있었다.

산하가 여전히 흰 이를 드러낸 채 말을 받았다.

"그 숫자만으로?"

"허, 미친놈일세."

백흠은 고개를 휘휘 저으며 말을 이었다.

"너 내가 누군지는 알고 말하는 것이냐?"

"개 주인."

백흠의 눈에 섬뜩한 살기가 어렸다.

서너 걸음 뒤편에서 산하와 백흠의 대화를 듣고 있던 상명효는 내심 고개를 갸웃했다.

백흠은 평소와 달랐다.

평소였다면 산하는 벌써 한 줌 독수로 녹아내려야 했다.

무엇 때문인지 몰라도 백흠은 평소와 달리 출수를 자제하고 있었다.

상명효는 정확하게 보았다.

백흠은 소맷자락 안에서 주먹을 쥐었다 폈다 할 뿐 쉽게 손을 쓰지 못했다.

백흠의 시선은 산하에 머물러 있지 않았다. 그의 눈은 쉴 새 없이 사마화정의 전신을 훑었다.

아름다움에 넋을 잃은 시선은 아니었다. 그의 눈에는 의혹이 떠올라 있었다.

'저 눈… 저 이마… 어디서 본 거 같은데 기억이 나질 않네. 어디서 봤지? 볼수록 기분이 나빠지는 걸 보면 좋지 않은 일로 만났던 거 같은데… 착각인가?

생각날 듯 말 듯 가물거리는 기억 때문에 백흠은 짜증이 났다.

그는 숙고(熟考)라는 말과는 인연이 없는 사람이었다.

게다가 코앞에서는 곰처럼 덩치만 커다란 놈이 사람 약을 바짝바짝 올리고 있지 않은가.

마음속에 정체를 알 수 없는 일말의 불안함이 있긴 해도 그 때문에 무언가를 참거나 하는 건 그의 성격과 맞지 않았다.

"일단 네놈이 말만큼 간이 큰지 좀 보자꾸나."

말과 함께 백흠이 눈짓을 했다.

그의 좌우에 장승처럼 서 있던 열 명의 회의인이 가볍게 고개를 숙인 후 일제히 앞으로 나섰다.

안정된 걸음, 흔들림없는 어깨, 감정을 철저하게 억제하며 똑바로 부딪쳐 오는 눈빛.

어느 틈에 빼 들었는지 그들의 손에 들린 두 자 반 길이의 반월형 도가 스산한 기운을 뿌려댔다.

회의인들은 혹독한 수련을 거친 자들이었다.

산하는 빙긋 웃으며 주먹을 들어 올렸다.

거침없는 움직임이었다.

스승의 금제 아닌 금제 때문에 주먹 쓰기를 꺼리던 게 불과 엊그제였다는 걸 생각해 보면 그의 움직임은 파격적이라 할 만했다.

산하는 산을 내려온 후 일련의 사건들을 겪으며 변화하고 있었다. 하지만 그 변화는 당사자인 산하조차 확실하게 의식하지 않고 있는 가운데 이루어지는 중이었다.

그것이 의미하는 바는 말할 수 없이 중대했지만 지금으로서는 아무도 알지 못하는 의미일 뿐이었다.

사마화정의 그린 듯한 눈썹 끝이 하늘로 솟구쳤다. 섬뜩한 살기가 그녀의 아름다운 두 눈을 뒤덮었다.

그녀도 강서성에서 산하가 칠흉을 혼내준 사실을 안다.

백흄이 왜 이곳까지 따라와서 시비를 거는지도 모르지 않았다.

수하들이 박살이 났는데 우두머리가 나 몰라라 해서는 조직이 돌아가지 않는 것이다.

그러나 백흄의 입장을 이해할 수 있다 해도 그가 산하에게 막말을 하며 손을 쓰려 하는 것까지 웃으며 넘어갈 수는 없었다.

사실 그녀는 산하 때문에 많이 참고 있었다.

그녀의 성질대로 했다면 백흄이 시비를 거는 순간 벌써 손이 나갔을 것이다.

"백흄!"

맑고 청아해서 듣기 좋다는 말이 나와야 할 음성. 하지만 그 음성을 들은 백흄의 전신에서는 왕소름이 주르르 돋았다.

그는 흠칫하며 자신을 부른 백의궁장여인에게 고개를 돌렸다.

그녀를 보았을 때부터 이상할 정도로 불안했었다. 자신을 부르는 소리를 듣고 나서는 등골에 식은땀까지 흘렀다.

사마화정이 무어라 말을 이으려 할 때였다.

산하가 한 손을 들어 올렸다.

"대랑, 제 일입니다."

산하의 부드러운 눈과 사마화정의 놀란 눈이 허공의 한 점에서 만났다.

"주공."

산하는 싱긋 웃었다.

"젊은 사람이 둘이나 있습니다. 게다가 남자들입니다. 대랑이 손을 쓰게 한다면 제가 나중에 노야를 뵐 면목이 없습니다."

사마화정이 말을 받기도 전에 산하는 큰 걸음으로 두 걸음 앞으로 나섰다.

사마화정은 나서고 싶어도 나설 수 없게 되었다. 산하의 넓은 등이 그녀의 앞을 절벽처럼 막아선 것이다.

백흠에게 시선을 주며 산하가 심드렁한 어조로 말했다.

"먼저 누워 쉬고 싶은 놈부터 와라."

말이야 평이했지만 담긴 의미는 모욕 그 자체.

회의인들의 눈이 진한 살기로 젖어들었다.

산하의 정면에 있던 세 명이 반월도를 휘두르며 달려들었다.

목과 가슴, 허리를 베어오는 세 자루의 도는 군더더기없이 깔끔했다. 연수 합격을 전문적으로 수련했다는 것을 한눈에 알 수 있는 움직임이었다.

동시에 산하의 좌우로 회의인 세 명씩이 튀어나왔다.

찰나지간 삼면이 적으로 둘러싸였다. 하지만 산하는 긴장하는 대신 흰 이를 드러내며 소리없이 웃었다.

그는 달려드는 자들을 보고 있지 않았다.

그가 보는 건 백흠이었다.

산하와 눈이 계속해서 부딪칠 수밖에 없는 백흠은 속으로 침을 삼켰다.

'미친놈이거나… 고수거나.'

그는 숭양보에서 일어난 일을 알지 못했다. 산하 일행이 숭양보를 들렀던 건 물론 알고 있었다. 그들이 왜 숭양보를 방문했는지도 잘 알았다. 그도 산하가 하오문을 통해 퍼뜨린 소문을 들었기 때문이다.

산하 일행이 숭양보를 떠날 때 멀쩡했던 것에 대해 의문이 없는 건 아니었다. 그러나 자세한 내막을 알 수는 없었다. 그가 능력이 없어서라고 말할 수는 없었다.

호북성은 그의 관할이 아니었다.

호북지단의 눈을 피해 움직이는 그로서는 숭양보에서 어떤 일이 벌어졌는지 정확한 정보를 얻을 수가 없었던 것이다.

만약 그가 숭양보에서 어떤 일이 벌어졌는지 알고 있었다면 상황이 이런 식으로 진행되지는 않았으리라.

오도칠과 상명효 등에게서 산하의 외문기공이 경지에 도달했다는 말을 들은 터라 회의인들은 전력을 다하고 있었다. 그들의 도에는 반 치 두께의 쇠도 무처럼 갈라져 나갈 기운이 실려 있었다.

반월도 세 자루가 산하의 몸에서 반 자 되는 지점에 도달했을 즈음 좌측 회의인들이 휘두른 도는 한 자 거리, 우측 회의인들의 도는 한 자 반 거리에 도달했다.

노리는 부분은 머리와 목, 허리와 다리였고, 비슷한 부분일지라도 겹치는 부분은 하나도 없었다.

백흠과 회의인들의 입가에 회심의 미소가 떠오르려는 순간, 산하가 움직였다.

그는 왼 무릎을 슬쩍 구부리고 말아 쥔 오른손을 허리 뒤로 빼며 오른발을 들어 지면을 밟았다.

쿠웅!

벼락 치는 듯한 소리가 났다.

사방 십여 장 이내의 지면이 지진을 만난 것처럼 뒤흔들렸다.

반보 앞으로 나간 산하의 오른발은 발목까지 지면에 파묻혀 있었다.

비록 눈 한 번 깜박일 시간에 불과했지만 회의인들은 균형을 잃고 비틀거렸다.

군더더기없던 반월도의 궤적이 틀어졌다. 산란하듯 흐트러진 시퍼런 도광이 허공을 난자했다.

대경실색한 회의인들이 몸의 균형을 바로잡는 그 찰나의 순간,

245

허리 뒤로 빠졌던 산하의 오른 주먹이 가공할 속도로 전면을 향해 튀어나갔다.

그의 어깨부터 주먹에 이르는 신체 부위가 신기루처럼 흐릿해졌다. 그리고 허공에 커다란 주먹 세 개가 떠올랐다.

쐐애애액!

귀청을 찢는 듯 굉렬한 파공성이 장내를 울렸다.

산하의 전면에 있던 회의인들의 안색이 허옇게 질렸다.

그들 앞의 허공이 동굴처럼 구멍이 뚫리고 있었다.

그리고 그 구멍 안에서 어린아이 머리통만 한 주먹이 불쑥 튀어나왔다.

회의인들은 파공성조차 듣지 못했다.

소리가 났을 때는 이미 산하의 주먹이 그들의 얼굴에 작렬하고 있었기 때문이다.

퍼석!

콰지직!

"읍읍……."

무언가 으스러지는 기괴한 소음과 억눌린 비명 소리가 울려 퍼졌다.

시퍼런 철편이 사방으로 비산했고, 회의인 셋의 신형이 피분수를 뿜으며 화탄에 맞은 것처럼 뒤로 사오 장을 튕겨 나갔다.

전권을 주시하고 있던 상명효를 비롯한 칠흉은 치미는 소

246

름을 참지 못하고 진저리를 쳤다.

그들은 흑의거한에게 손바닥으로 맞았다. 그리고 뼈가 부서졌다.

눈앞의 회의인들은 주먹으로 맞았다.

어떤 몰골이 되었을지는 안 봐도 뻔했다.

그들이 진저리를 치는 건 당연했다.

백흠의 안색도 칠흉과 별반 다르지 않았다.

그는 회의인을 타격하는 산하의 주먹을 놓쳤다.

허리 뒤로 빠지는 주먹은 보았는데 다시 그 주먹을 보았을 때는 수하 셋이 허공을 날고 있었다.

'…근육이 두꺼우면 주먹이 느려야지. 게다가 도가 부서지다니… 이건 사기다.'

단 일 권이었지만 백흠은 칠흉이 흑의거한에게 엉망으로 패한 것이 당연하다는 것을 깨달았다. 그리고 자신이 개입해야 한다는 것도.

그의 시야에 산하의 장대한 신형이 회의인들이 튕겨 나가며 비어버린 전방의 틈으로 유유히 빠져나오고 있는 것이 들어왔다.

수하 여섯의 도는 산하가 있던 자리, 빈 허공을 난자했을 뿐이다.

여섯 자루의 도는 뱀처럼 영활하게 앞으로 빠져나간 산하의 뒤를 쫓았다.

산하의 신형이 빙글 반 바퀴 돌았다. 자신을 향해 날아드는 여섯 자루의 도를 향해서였다.

산하의 두 주먹이 아무런 변화 없이 직선으로 쭉 뻗어나갔다.

그의 주먹은 조금 전과 달리 눈에 확연히 보일 정도로 느릿했다. 하지만 그 기세는 필설로 형용하기 어려울 만큼 무시무시했다.

후우우우웅—

회의인들의 안색은 사색이 되었다.

그들 앞의 공간이 해일을 버티지 못하고 무너지는 방파제처럼 그들을 덮쳐 오고 있었다.

사람의 주먹이 어떻게 이런 기세를 만들어낼 수 있는지 믿을 수 없었지만 그들은 사력을 다해 도를 휘둘러야 했다.

해일과도 같은 기세는 그들이 몸을 빼낼 여유를 주지 않았다.

심신이 이미 산하의 기세에 제압되어 다른 생각을 할 수조차 없게 되었다는 것을 그들로서는 알 수가 없었다.

산하와 회의인들이 충돌할 때 백흠은 산하를 향해 오른손을 살짝 흔들었다.

쾅!

마른하늘에 날벼락이 치는 듯한 굉음.

"흐으윽!"

방금 전과 같은 억눌린 신음 소리.

소리와 함께 허공을 날아가는 여섯 개의 신형.

그리고 선연한 핏물.

털썩!

털썩!

…….

지면에 누워 쉬는 자들의 수가 아홉으로 늘었다.

산하는 백흠을 향해 돌아섰다.

그와 눈이 마주친 백흠은 창백한 얼굴에 억지로 미소를 지으며 말했다.

"재롱은 잘 봤다. 칠흥이 당할 만하군. 하지만 네 재롱은 거기까지야."

산하는 큰 눈을 껌벅였다.

산하가 손을 쓰지 않고 말없이 서 있는 것을 본 백흠의 얼굴에 안도와 득의의 기색이 교차했다.

그가 소리쳤다.

"쓰러져라!"

그의 말과 함께 산하의 그림자에서 회색 그림자가 번개처럼 솟구치며 산하의 목을 향해 도를 휘둘렀다.

백흠의 호위는 열 명.

마지막 한 명은 전직 살수 출신으로 암습이 장기였다.

화태건은 놀라 눈을 부릅떴다.

생각지도 못했던 일이라 산하의 외공을 아는 그도 경악한 것이다. 그러나 당사자인 산하에게서 놀란 기색은 전혀 보이지 않았다.

그는 그저 손을 들어 자신의 목을 베어오는 도의 중동을 움켜잡았을 뿐이다.

턱!

공수납백인처럼 손바닥 사이에 도를 끼워 잡은 것도 아니고 그냥 손 하나로 숙련된 살수의 도를 움켜잡는 광경은 무림에서도 쉽게 볼 수 있는 광경이 아니다.

회의인은 턱이 떨어져라 입을 딱 벌렸다.

산하의 놀고 있는 한 손이 그의 뺨을 후려갈긴 건 순식간에 일어난 일이었다.

"사내놈이 할 짓이 없어 암습 따위를 하느냐!"

콱!

누워 쉬는 자의 수는 열이 되었다.

백흠은 믿을 수 없다는 시선으로 산하를 보았다.

그는 이를 악물며 다시 소리쳤다.

"쓰러져라!"

그 말이 떨어지자마자 산하는 입을 쩍 벌렸다.

"끄윽—"

비명은 아니었다.

배부르게 포식을 한 뒤에나 나올 법한 소리였다.

벌린 그의 입술 사이로 작은 공처럼 둥글고 검은 빛을 띤 기류가 흘러나오더니 허공중으로 흩어졌다.

그것을 본 백흠의 눈동자 초점이 풀렸다.

"뭐… 뭐… 냐?"

산하는 모처럼 눈살을 찌푸린 채 흩어져 가는 검은 기운을 보고 있었다.

그가 백흠에게 물었다.

"저거, 당신 짓인가?"

백흠은 멍청한 표정이 되었다가 이어서 사색이 되었다.

그가 멍청해진 것은 산하의 말투에서 자신이 하독한 사실을 모르고 있었다는 것을 알 수 있었기 때문이고, 사색이 된 것은 독에 당했다는 것을 모르는 상태에서 산하의 몸이 그의 의지와 무관하게 독을 한군데로 모아 외부로 배출했다는 것을 깨달았기 때문이다.

"어떻게 그럴 수가?"

그것이 이 자리에서 백흠이 남긴 마지막 말이었다.

자신이 독에 당했었다는 것을 안 산하는 두말없이 주먹을 휘둘렀다.

쐐애애액!

퍽!

끝이었다.

코와 입이 무너지고 이가 왕창 부서진 백흠은 자신의 수신호위들과 어깨를 나란히 하고 사이좋게 누웠다.

산하는 상명효와 그 의형제들에게 손가락을 까닥였다.

일곱의 거한이 번개처럼 달려와 산하 앞에 일렬로 엎드렸다.

그들은 도망쳐야 한다는 생각조차 하지 못했다.

상명효는 눈물범벅이 된 얼굴로 산하에게 애원했다.

"살려주십시오, 대협!"

산하는 눈을 껌벅였다.

"누가 죽인대?"

"예?"

"데려가."

"저, 저희를 살려주시는 겁니까?"

"죽일까?"

"아, 아닙니다요!"

"또 나를 찾고 싶다는 미련이 남아 있을지도 몰라서 한마디만 하겠다. 다음에 올 때는 한 일만 명쯤 데리고 오든지, 아니면 정말 고수와 함께 와라. 공연히 시간낭비하지 말고."

상명효는 미친 듯이 고개를 저었다.

"대협, 절대로… 절대로 다시 찾아뵙지 않겠습니다. 하늘에 대고 맹세하겠습니다. 만약 저희가 또 대협에게 해코지를 하려 한다면 그때는 단매에 때려죽이셔도 기꺼이 목을 내놓겠습니다."

그의 입술 양 끝에 거품이 배어 나왔다.

산하는 두 걸음 뒤로 물러섰다.

침이 한 바가지는 튀었기 때문이다.

"가봐."

"감사합니다, 대협."

칠흉은 후다닥 일어나서 백흠과 수신호위들을 어깨에 걸치거나 등에 업고 날듯이 달려갔다.

그들이 어둠 속으로 사라지는 데는 숨 한 번 쉴 시간도 걸리지 않았다.

산하가 적을 살려주는 걸 보는 게 한두 번도 아니어서 화태건은 그러려니 했다.

사마화정은 면사를 벗었다.

산하는 사마화정의 눈을 가만히 들여다보았다. 사마화정은 꿋꿋하게 산하의 눈길을 받았지만 잠시의 시간이 흐르자 입술을 삐죽이면서 시선을 비켰다.

산하가 말했다.

"대랑."

"예, 주공."

"쫓아가지 마세요."

사마화정은 산하의 말을 알아듣지 못한 척 사방을 둘러보며 물었다.

"제가 누굴 쫓아간다고 그러세요?"

산하는 대답 대신 다른 말을 했다.

"죽이려 했다면 제가 직접 손을 썼을 거예요. 알았죠?"

사마화정은 고개를 푹 숙이며 어깨를 늘어뜨렸다.

"예……."

잠시 후 그녀는 눈을 살짝 들어 산하를 보며 말했다.

"주공, 백흠은 마천루 강서지단주예요. 저렇게 보내면 귀찮은 일들이 무지무지하게 많이 생길 거예요."

산하는 싱긋 웃었다.

"안 온다고 하는 말 들으셨잖아요."

"그걸 믿으세요? 입만 열면 거짓말을 하는 자들인데요."

"대랑, 그래도 한번 믿어보죠, 뭐. 혹시 압니까? 정말로 안 올지. 흐흐흐."

산하는 낮게 웃었다.

태평하기 그지없는 웃음소리였다.

화태건은 이미 대화의 결과를 알고 있었기에 혼자 쿡쿡거리며 소리 죽여 웃었고, 사마화정도 산하의 무신경함에 어쩔 수 없다는 듯 웃고 말았다.

평원의 밤이 깊어가고 있었다.

第九章

의창 연문객잔 후원 별채.

이도양은 팔짱을 낀 자세로 침상을 보고 있었다.

별채의 가장 큰 방을 차지하고 있는 침상의 수는 열하나.

그 위에 누워 있는 건 백흠과 열 명의 수신호위였다.

상명효와 여섯 아우는 이도양의 옆에서 눈치를 살피며 침
만 삼키고 있었다.

백흠과 수신호위들은 이틀이 지났는데도 아직 정신을 차
리지 못했다.

이도양의 이맛살은 있는 대로 접혀 있었다.

그는 반 각 전에 도착했고, 상명효의 안내로 이 방에 들어왔다.

"상가야."

"예, 단주님."

"백 단주와 호위들을 쓰러뜨린 게 한 명이라고?"

"그렇습니다."

"그자가 너희를 그런 꼴로 만들어놔서 백 단주가 나섰고?"

"예."

"골치 아프군."

이도양이 손으로 이마를 짚자 그의 심복인 고홍서가 한쪽으로 치워져 있던 의자를 재빨리 그의 등 뒤에 가져다 놓았다.

의자에 앉은 이도양의 입술 사이로 앓는 듯한 신음 소리가 흘러나왔다.

"끙."

그는 슬쩍 눈을 치켜떴다.

"상가야."

"예, 단주님."

"내가 올려다보랴?"

상명효와 여섯 아우는 후다닥 무릎을 꿇었다.

이도양의 낯 색이 진지해졌다.

그가 말했다.

"그자와 어떻게 시비가 붙었는지 하나도 빠뜨리지 말고 얘기해 봐라."

상명효는 오도칠이 자신을 찾아온 때부터 시작해서 백흠이 쓰러질 때까지의 일을 자세하게 보고했다.

백흠도 그랬지만 중원의 각 성을 책임지고 있는 마천루의 단주들은 대부분 성질이 더러웠다. 그들의 기분을 상하게 하면 뒷감당할 수 없을 정도로.

상명효의 보고를 듣고 있던 이도양의 눈이 반짝였다.

"잠깐."

"예?"

"오도칠이 뭐라고 했다고?"

일시지간 이도양이 무엇을 묻는 건지 알아듣지 못한 상명효가 되물었다.

"무슨 말씀이신지?"

퍽!

이도양의 발끝이 상명효의 가슴 중부혈을 정통으로 걸어 찼다.

"컥!"

숨이 틀어 막힌 상명효가 얼굴이 노랗게 변하며 뒤로 나자빠졌다. 하지만 그가 일어나는 속도는 쓰러지는 것보다 배는 빨랐다. 아파한다고 봐줄 이도양이 아니었다.

이도양이 혀를 차며 물었다.

"오도칠이란 자가 그자를 보고 소림 어쩌고 했다면서?"

"쿨럭! 예, 그렇습니다. 그자의 외문기공이 소림사의 철신갑 같다고 했습니다."

"소림의 속가로 추정되는 절세고수라……."

이도양의 미간은 잔뜩 모아져서 그의 심사가 복잡함을 알 수 있게 했다.

그는 시선을 백흠의 얼굴에 두고 중얼거렸다.

"상가 형제나 백 단주를 살려준 걸 보면 맞는 듯도 한데… 능력이 있는데도 자신을 죽이겠다고 달려드는 사람을 살려주는 건 어지간한 자들은 못하지. 하지만 소림의 철신갑으로는 백 단주의 십보단혼산이 갖고 있는 독력을 이겨내지 못해. 외문기공일 뿐인 철신갑에 독기를 한곳으로 모아 외부로 배출하는 공능이 있다는 말은 들어본 적이 없다. 그럼 단혼산을 무력화시킨 것은 내가기공류라는 말인데… 그래도 칼을 맨손으로 잡아 부러뜨린 건 분명 외문기공의 일종으로 보는 게 맞고. 헷갈리는군."

중얼거리던 그가 눈을 크게 떴다.

언제 정신을 차렸는지 백흠이 자신을 보고 있었던 것이다.

이도양은 히죽 웃었다.

"깨어났나?"

이도양과 고홍서를 천천히 돌아보는 백흠의 눈은 힘이 없었다.

그가 물었다.

"여긴 어딘가?"

백흠의 입에서는 말할 때마다 바람 새는 소리가 났다. 이가 서너 개밖에 남아 있지 않은 탓이었다.

"의창일세."

"신세를 지는군."

"후후, 마치 남남인 것처럼 말을 하네? 어차피 한식구 아닌가. 어려울 때 상부상조하는 거지."

"못 볼 꼴을 보여서 면목없군."

"자네가 상부의 허락도 없이 호북성을 밟았다는 말을 듣고 화가 났었네. 이해하겠지? 같은 상황이면 자네도 기분 나빴을 테니까. 하지만 지금은 그저 헛웃음만 나올 뿐이야. 설마 이런 자네의 모습을 보게 될 줄은 생각지도 못했네."

백흠은 쓴웃음을 지었다.

"나라고 이런 꼴이 될 거라 생각했겠나."

"그자가 쓰는 무공 연원이 어디인지 짐작 가는 곳이 있나?"

"짐작할 수 있을 만큼 싸웠어야지……."

"뭐?"

이도양은 어리둥절한 얼굴이 되었다.

상명효는 보고할 때 수신호위의 싸움은 상세히 묘사했지만 백흠의 싸움은 간략하게 보고했다. 그는 백흠이 독을 썼고 산하가 어떻게 반응했는지를 말하긴 했다. 하지만 싸움이 어떻게 진행되었는지 구체적으로 말하지 않은 것이다.

백흠과 이도양은 동급의 신분이었다. 그리고 그는 백흠의 부하였다. 백흠이 무기력하게 패했다고 말할 수는 없었던 것이다.

그래서 이도양은 백흠이 적과 수백 초를 싸우고 쓰러졌다고 생각하고 있었다.

이도양이 연이어 물었다.

"그게 무슨 말인가?"

"일 초였네."

"……."

이도양은 입을 떡 벌렸다.

백흠이 수신호위들을 눈짓으로 가리키며 말을 이었다.

"우리 중 아무도 그자의 일 초를 받아내지 못했네."

"허."

이도양의 얼굴은 보는 이의 마음을 무겁게 만들 정도로 심각해졌다.

그가 상명효를 일별하며 물었다.

"상가는 그자가 쓰는 무공이 소림의 것 같다고 했는데?"

"글쎄… 뭐라 말할 수가 없네. 그자는 주먹을 빠르고 강하게 썼을 뿐이니까."

"설마 단순히 정권만을 사용했다는 말인가?"

"맞네."

"믿기지가 않는군."

"이해하네. 당한 나도 믿어지지 않으니까."

눈살을 찌푸린 이도양이 상명효에게 고개를 돌렸다.

그가 말했다.

"상가야."

"예."

"오도칠이란 자를 봐야겠다."

상명효는 영문을 알 수 없다는 얼굴로 이도양을 보았다. 하지만 그의 신분으로 이유를 물을 수는 없었다.

"알겠습니다."

상명효는 이유를 묻지 못했지만 백흠은 궁금증을 굳이 참지 않아도 되는 신분이다.

"그는 왜?"

"그자와 얽히게 된 단초를 제공한 자가 오도칠이 맞지?"

"그렇게 알고 있네."

"상가의 말에 의하면 그자의 무공이 소림의 것 같다는 말을 최초로 언급한 자가 오도칠이라더군. 아무래도 그를 만나보는 게 좋을 것 같아."

그의 시선이 다시 상명효를 향했다.

"오도칠이 어디에 있는지 알고 있나?"

"열락궁이 더 이상 사내들을 납치해 달라는 청부를 하지 않아서 다른 일거리를 찾아다닌다는 말을 들었습니다."

"찾아와."

"알겠습니다."

상명효와 대화를 마무리 지은 이도양은 백흠에게 고개를 돌렸다. 그리고 흠칫했다.

백흠은 허공의 한 점을 보고 있었는데 귀신이라도 보는 것처럼 낯빛이 푸르뎅뎅했다.

이도양은 공연히 섬뜩해지는 것을 느끼며 물었다.

"자네, 왜 그러나?"

"열락궁… 설마… 그녀가……."

중얼거리는 백흠의 기색은 점점 더 기괴해졌다.

이도양은 마음이 불안해져서 이맛살을 찌푸리며 백흠을 다그쳤다.

"자네 대체 왜 그래? 무슨 일이냐고?"

"그녀였어. 어디서 보았다고 했더니… 그녀야… 그녀."

"답답해 죽겠군. 그녀가 누군가? 무슨 말을 하는 거야?"

백흠의 어깨가 뒤틀렸다.

그는 상체를 일으키려 안간힘을 다하고 있었다.

상명효가 벌떡 일어나 백흠을 부축했다.

상체를 세워 침상에 앉은 백흠이 식은땀을 줄줄 흘리며 이도양에게 말했다.

"상부에 보고해야 하네."

이도양의 얼굴에 짜증이 잔뜩 묻어났다.

영문 모를 말을 중얼거리더니 뜬금없이 상부에 보고를 하란다.

이도양이 아니라 다른 사람이라도 짜증이 났을 것이다.

"뭘 말인가?"

백흠은 힘겹게 숨을 들이마셨다.

몸이 힘든 것보다 마음속의 두려움이 그의 온몸을 경직시키고 있었다.

그가 말했다.

"그자가 문제가 아닐세. 그자의 옆에 있던 여인은 그자보다 천만 배 더 중요하네. 그녀의 강호 출도는 반드시 상부에 보고해야만 하는 중대사일세."

말을 하는 백흠의 기색이 얼마나 엄중했는지 이도양은 더 이상 짜증을 내지 못했다.

"그곳에 있을 때는 눈 아래를 면사로 가려서 알아보지 못했네. 단지 어디서 본 듯하다는 느낌뿐이었지. 열락궁이라는 말을 듣고서야 그녀가 누군지 생각났네."

"그녀가 대체 누구이기에?"

"사마화정."

"사마화정?"

이도양은 멍한 얼굴로 되물었다.

귀에 익은 이름이기는 했다. 하지만 일시지간 그 이름이 누

265

구를 지칭하는지 생각이 나지 않았다.

그의 기억력이 나쁘다고 탓할 일은 아니었다.

세월이 흐른 탓이었다.

백흠이 대답했다.

"그녀는 분명 사마화정이었네. 겁천마후(劫天魔后) 사마화정!"

"헉!"

이도양의 안색도 백흠과 비슷해졌다.

얼굴의 핏기가 싸악 가신 것이다.

"웃으며 사람의 심장을 꺼낸다는 그 미친… 녀… ㄴ…….."

백흠의 눈초리가 살벌해졌다.

찔끔한 이도양이 떨리는 음성으로 물었다.

"정말 그녀였나?"

백흠은 단호하게 고개를 끄덕였다.

"어린 시절 본 그녀 그대로의 모습이었네. 자네도 알지 않나, 그녀가 내 이상형이란걸. 어떻게 그 얼굴을 잊을 수가 있겠나. 내 목을 걸 수도 있네."

저렇게 말할 정도면 더 이상 의심할 수 없었다.

이도양은 퉁기듯이 의자에서 일어났다.

사마화정의 이름이 나온 이상 백흠을 쓰러뜨린 자 정도의 일은 논의거리도 되지 못했다.

"이곳에서 정양하며 기다리고 있게. 보고를 하고 어떻게 조치할 것인지 지시를 받아오겠네."

"알겠네."

이도양은 바람처럼 방을 떠났다.

마음이 얼마나 급한지 알 수 있는 몸놀림이었다.

털썩.

기운이 빠진 백흠은 쓰러지듯 다시 누웠다.

그의 눈이 아련해졌다.

"그녀가 강호에 나오다니… 근 이십 년 만인가……."

*　　　*　　　*

"누님, 반노환동하신 거예요?"

"반노환동?"

사마화정은 살짝 웃으며 반문했다.

"예, 공력이 천의무봉한 경지에 도달한 분들이 나이가 들면 다시 젊어진다고 들었어요."

"그런 거하고 상관없어."

"그럼요?"

"착하게 살아서 안 늙은 것뿐이야."

"착하게 살면 늙지 않아요?"

"그으으럼. 몰랐어?"

사마화정은 당연한 걸 왜 묻느냐는 듯 화태건을 돌아보며 되물었다.

화태건은 이해가 가지 않는 듯 고개를 갸우뚱했다. 하지만 늙지 않은 당사자가 그렇게 말하는 데야 더 이상 뭐라 할까.

뒤에서 들려오는 턱도 없는 대화를 들으며 산하는 그저 혀를 찰 뿐이었다.

계절은 완연한 가을로 접어들었다.

짙푸른 남색 하늘은 끝없이 높았고, 불어오는 바람은 가슴까지 시원하게 했다.

쉬엄쉬엄 북상한 그들이 섬서성으로 접어든 지도 벌써 닷새가 지났다.

백홈과 일전을 치른 직후 사마화정은 처음 만난 마을에서 가장자리를 면사로 두른 죽립을 구해서 썼다. 그녀를 본 사내들의 시선이 떠나지 않는 게 귀찮아서였다.

화태건은 사마화정과 많이 친해졌다.

그는 사마화정을 손위 누이 대하듯 했다.

산하에게서 사마화정의 나이가 얼마인지 들었지만 그녀를 보고 나이를 떠올리는 건 화태건에게 불가능했다. 도저히 상상이 가지 않았기 때문이다.

사마화정도 화태건을 편하게 대했다.

본래 맺힌 데가 없는 성격인데다가 산하에 비하면 화태건은 귀여운 구석이 있어서 데리고 놀 만했던 것이다.

"그런데 누님."

"왜?"

"형님이 말씀하기로, 누님이 천하에 적수가 드문 고수라고 하시던데 정말이에요?"

산하의 등을 보는 사마화정의 눈이 별처럼 반짝였다.

그녀는 화태건의 귀에 입술을 붙이고 물었다.

"주공께서 그렇게 말씀하셨어?"

"예."

"흠흠."

사마화정은 어깨를 으쓱했다.

화태건의 눈동자가 풀렸다.

으쓱하는 어깨와 함께 사마화정의 가슴이 가볍게 출렁이는 것을 본 것이다.

나이 어린(?) 그에게 사마화정의 매력은 저항 불가였다. 아니, 그가 아니라 누구라도 마찬가지일 것이다. 그녀의 살인적인 매력은 지난 수십 년간 천하가 인정한 것이었으니까.

화태건의 얼굴이 몽롱해진 것을 본 사마화정이 피식 웃었다.

"칠푼아, 내가 좀 센 건 맞아. 주공께서 정확하게 뭐라고 하셨어?"

"형님보다 강하실 거라고……."

말은 그렇게 하지만 화태건은 자신이 한 말을 별로 믿는 기색은 아니었다.

사마화정은 활짝 웃었다.

"주공께서 자신을 제대로 알고 계시는구나."

"헉! 정말 형님보다 강하신 거예요?"

"지금은 그럴 거야."

"무슨 말씀이세요?"

"말해준다고 네가 이해할 수 있을까?"

화태건의 얼굴이 붉어졌다.

"누님, 저도 무가의 후손입니다!"

사마화정의 은어 같은 손가락이 화태건의 오른 뺨을 잡더니 살살 흔들어댔다.

"화내니까 더 귀엽네. 호호호호!"

"쿨럭! 누님."

사마화정은 산하의 눈치를 살피며 화태건의 귀에 속삭였다.

"무엇 때문인지 모르지만 주공은 자신을 가르친 분들의 무공을 완전하게 수습하지 않으신 거 같아. 신공과 경공은 독보적인 경지시지만 공방의 기법은 아직 부족해서. 알고 있는 무공을 완성하신다면 주공은 천하무적일 거야. 물론 지금 상태로도 천하에 적수가 드물긴 하지만 말이야."

"공방의 기법이 부족하다고요?"

화태건은 멍청한 표정이 되었다.

산하와 함께한 후로 그의 일권을 받아내는 자를 보지 못했다.

위군학과 공손무양, 백흠 같은 고수들조차 단 일 초에 꺼꾸러지는 걸 직접 본 자신이 아닌가.

사마화정의 말이 믿기지 않는 건 당연했다.

사마화정의 음성이 갑자기 조금 커졌다.

"그래. 최고 수준의 초강자들을 상대하기엔 아직 부족하다고 할 수 있어."

"어느 정도 고수를 말씀하시는지 모르겠어요."

"천중구마존, 신주육천공."

"헉!"

화태건의 눈이 찻잔 밑바닥만 해졌다.

그는 산하의 넓은 등으로 시선을 돌렸다.

산하가 강하다는 건 잘 알고 있었다. 하지만 사마화정이 언급한 자들과 비교해 본 적은 없다.

그가 붕 뜬 목소리로 물었다.

"진짜 형님이 그 사람들과 비교할 수 있을 정도인 거예요?"

"일대일로 싸운다면 오백 초 정도는 버틸 수 있을 거야."

"우와!"

화태건은 탄성을 토했다.

천중구마존, 신주육천공.

통칭해서 우내십오강(宇內十五强)이라 불리는 십오 인.

그들은 지난 삼십 년간 천하무림에 절대적인 명성을 이룩한 희대의 고수들이었다.

서로가 아니라면 천하에 십초지적을 찾을 수 없다고 알려진 초강자들.

시대를 달리해서 태어났다면 개개인이 천하제일인 소리를 들었을 거라 평해지는 고수들이 바로 그들이었다.

사마화정은 산하를 그런 절대고수들과 비교한 것이다.

오백 초를 싸울 수 있다는 게 어딘가.

그들의 일 초를 받아내고 목숨이 붙어 있기만 하면 어디 가서도 절정고수라 인정받을 수 있는 세상이 아닌가.

화태건으로서는 가슴이 벅찰 수밖에 없었다.

대답은 화태건에게 했지만 사마화정의 빛나는 눈은 산하의 등에 고정된 채 움직이지 않았다.

그녀의 시선을 느낀 걸까.

산하가 슬쩍 고개를 돌려 뒤를 보았다.

들으라고 크게 말했는데 듣지 못했을 리가 없다.

그가 말했다.

"건이 가슴에 불 지르지 말아요, 대랑."

"불은 누가 질렀다고."

"육선문의 포두들이 방화범으로 잡아갑니다."

"흑흑흑!"

사마화정은 우는 시늉을 했다.

장난스러운 태도였지만 그녀의 눈을 스쳐 지나간 건 실망의 기색이었다.

목소리를 키웠던 건 당연히 산하가 들으라고 한 것이다. 그 의도를 모를 리 없는 산하의 반응은 무덤덤하기만 했다.

그녀와 화태건이 나눈 대화는 산하에게 전혀 자극이 되지 못했다.

"형님."

"왜?"

"누님이 하신 말씀이 사실이에요?"

산하는 사마화정을 한 번 돌아보며 말을 받았다.

"글쎄다. 맞지 않을까?"

몇 번의 싸움으로 자신의 능력을 어느 정도 자각한 산하는 사마화정의 말에 자신의 현재 능력을 객관적으로 알 수 있게 되었다.

사마화정은 그를 평가할 자격을 충분하고도 넘치게 갖고 있는 여인이었다.

"진짜요?"

쉽게 믿기 힘든 일이라 화태건은 자신도 모르게 재차 물었다.

"그럴걸."

직접 붙어본 적이 없으니 확신할 수도 없다. 산하의 말꼬리는 자연히 길어졌다.

산하는 말을 이었다.

"죽자고 싸우면 대랑의 말처럼 될 가능성이 커. 아마도 오백 초를 넘기기 어렵겠지."

산하의 말에는 묘한 여운이 있었다.

그것을 알아차린 화태건이 물었다.

"맞서 싸우지 않는다면요."

"…지쳐 쓰러질 거다. 상대가 누구든. 흐흐흐."

산하는 나직하게 웃었다.

화태건은 산하의 말을 대번에 알아들었다.

상대는 산하가 전에 말했던 비무의 상대처럼 될 거라는 뜻이었다.

화태건이 고개를 사마화정에게 돌렸다.

"그런데 누님은 어떻게 형님이 그들의 오백 초 적수밖에 안 된다고 단정적으로 말씀하실 수 있는 거죠?"

대답은 사마화정이 아닌 산하가 했다.

"아직 내가 대랑의 오백 초를 받아내기 어렵다는 말이야."

"예? 그게 무슨……?"

어리둥절한 얼굴로 되묻던 화태건의 안색이 하얗게 변했다.

그의 머리는 나쁘지 않다.

산하의 말이 무엇을 의미하는지 알아차린 것이다.

사마화정에게로 고개를 돌리는 그의 얼굴에 떠오른 표정

은 넋이 나간 사람의 그것이었다.

"설마… 누님이……."

산하는 싱긋 웃었다.

"설마가 사람 잡는다는 말도 있지."

*　　　　*　　　　*

"삼천주님, 아니, 사적인 자리이니 삼사형이라 부르겠습니다. 저를 보내주십시오!"

핏빛 혈포를 입은 장년인의 음성은 붕 떠 있는 느낌이었다.

뒷짐을 지고 창밖을 내려다보고 있던 백의인의 눈썹이 꿈틀거렸다. 혈포인의 속마음이 손에 잡힐 듯했기 때문이다.

"직접 가고 싶은 게냐?"

"그녀라지 않습니까!"

"그녀로 추정된다고 했지, 아직 확인된 건 아니다."

"백흠은 시력이 저만큼 좋은 놈입니다."

"사마화정이 맞는지 확인이 먼저다."

백의인은 나직하게 한숨을 내쉬며 말을 이었다.

"설령 그녀가 맞는다고 해도 네가 직접 가는 건 허락할 수 없다."

"삼사형, 그녀가 이십이 년 만에 열락궁을 나섰답니다. 무려 이십이 년이란 말입니다. 어떻게 제가 가지 않을 수 있겠

275

습니까!"

"네가 움직이면 단심맹의 개들이 미친 듯이 따라붙을 거다. 호북지단에서 올라온 보고서가 정확하다면 아마도 그녀는 제자와 함께 유람하는 중인 듯하던데, 주변에 개들이 꼬이면 그녀가 참 좋아하겠다. 그녀 성격에 아마 너를 보자마자 개 잡듯 하려고 들걸? 가뜩이나 내 기억에는 예전에도 그녀가 너를 그리 달가워하지 않았던 것 같은데……."

혈포인의 숨결이 거칠어졌다.

"그래도 삼사형보다는 좋게 봐줬습니다."

"…죽고 싶냐?"

"…죄송합니다."

"으휴, 너와 나의 신분으로 이런 대화를 나누고 있다는 게 정말 한심스럽기 짝이 없구나. 수하들이 알면 어떻게 얼굴을 들고 다니려고 이러느냐."

"제 놈들이 알아봤자죠. 헛소리하는 놈들이 있다면 머리통을 깨진 수박처럼 만들어놓을 겁니다."

혈포인은 거칠게 손을 들어 가슴을 탕탕 쳤다.

"그리고 남녀 문제에 신분이 무슨 소용이 있답니까! 그녀가 언제 신분 보고 사내를 품었습니까. 삼사형도 잘 알지 않습니까? 자기 맘에 들면 비렁뱅이도 꺼리지 않는 여자가 그녀입니다."

혈포인의 태도는 완강했다.

백의인은 고개를 절레절레 저으며 중얼거렸다.

"세월의 힘으로 이제 조금 잊을 수 있나 보다 싶었는데…
빌어먹을."

그는 뒷짐을 풀며 돌아섰다.

백의인의 나이는 사십대 중반쯤으로 보였다.

아직도 육 척 장신의 체구는 군살 하나 없이 단단했고, 이
목구비의 선이 뚜렷해서 젊은 때는 미장부 소리를 꽤 들었을
법한 풍모였다.

"일단 그녀가 맞는지 확인이 먼저다. 그녀가 맞는다면 네
가 가는 걸 허락하겠다. 확인이 될 때까지 루를 벗어나서는
안 된다. 약속할 수 있느냐?"

"약속하겠습니다, 삼사형."

혈포인은 백의인의 지시가 맘에 들지 않는 듯 볼이 두꺼비
처럼 잔뜩 부풀어 올랐다. 하지만 토를 달지는 못했다.

조건이 달렸긴 해도 허락이 떨어졌다. 그것이 말처럼 쉽지
않은 일이라는 걸 그도 잘 알기 때문이었다.

혈포인이 바닥을 걷어차기라도 하는 것처럼 쿵쾅거리며
방을 나갔다.

기분이 그대로 드러나는 걸음걸이였다.

백의인은 쓸쓸하게 웃었다.

혈포인이 거칠게 닫고 나간 문을 물끄러미 바라보던 그가
중얼거렸다.

"넷째야, 네가 문제가 아니다. 대사형과 이사형이 문제지. 그녀가 강호에 나왔다는 걸 알면 그분들이 가만히 있을 것 같으냐? 슬금슬금 기어나올 다른 자들이야 어찌어찌 헤쳐 갈 수 있겠지만 그분들은 어떻게 할 거냐. 꿈 깨라, 넷째야. 만약 백흠이 보았다는 여인이 그녀가 맞는다면… 너와 나는 그녀 근처에도 가지 못할 거다."

혈포인에게 말할 때와 달리 그의 음성은 낮았고, 기운이 주욱 빠져서 매가리라고는 한 점도 찾아볼 수 없었다.

第十章

곽장수는 얼굴이 벌게진 채 안절부절못했다. 이마에는 식은땀까지 솟았다.

코앞에 인형처럼 귀여운 아이를 품에 안은 미부인이 그를 향해 깊이 허리를 숙여 인사를 하고 있지 않은가.

그는 당황한 기색으로 마주 인사하며 말했다.

"유 낭랑, 그러지 마십시오. 그놈의 자식이 유 낭랑과 연아를 이렇게 누추한 곳에 보낸 것만도 미안하기만 한데……"

대략적인 사정은 산하가 보낸 서신을 읽고 알게 된 뒤였다.

허리를 편 유청림이 말했다.

"강 소협이 의형으로 모시는 분이라고 들었어요. 편하게 대해주셨으면 합니다."

유청림의 맑고 단아한 음성은 듣는 사람의 마음을 진정시키는 힘이 있다. 하지만 곽장수에게는 해당 사항이 없었다. 그는 오히려 더 정신없이 허둥거렸다.

"그렇게… 할 수 있도록… 노력해 보겠습니다……."

갑자기 말더듬이가 된 모양새.

유청림의 품 안에서 눈을 빛내며 곽장수를 올려다보고 있던 연아가 코를 찡긋거리더니 유청림의 귀에 입을 바짝 댔다.

"엄마, 저 돼지 아저씨 왜 저렇게 더듬거려? 얼굴도 빨갛고 땀도 많이 나. 혹시 어디 아픈 거 아닐까?"

"컥!"

밭은기침을 토한 곽장수의 얼굴은 완전히 홍시가 되었다.

"돼… 돼지……."

유청림은 다급한 손길로 연아의 입을 막았다.

"죄송해요. 아직 아이가 어려서……."

"하… 하… 그럴 수도……."

연아가 두 손으로 입을 막은 유청림의 손을 걷어냈다.

"엄마, 숨 막혀."

"연아야, 강 소협의 웃어른이시다. 아무렇게나 말하면 안 된다."

연아도 웃어른이 무슨 뜻인지 안다.

연아의 눈이 동그래졌다.

곽장수를 아래위로 훑어본 연아가 고개를 크게 끄덕였다.

"아! 그래서 멧돼지 아저씨랑 덩치가 비슷했구나. 근데 멧
돼지 아저씨가 더 멋있어."

"쿨럭!"

사레가 들린 곽장수는 기침을 토할 수밖에 없었다.

장대한 체구의 곽장수가 연아의 말에 쩔쩔매는 것을 보며
손위와 곽지상은 웃음을 참느라고 피가 나도록 입술을 깨물
었다.

연아의 포도알 같은 눈동자에 그리움이 어렸다.

"멧돼지 아저씨 보고 싶어, 엄마."

"이곳으로 돌아오신다고 했잖니."

"언제쯤 올까?"

"글쎄……."

유청림은 연아를 꼭 끌어안았다.

누구도 쉽게 답할 수 있는 질문이 아니었다.

연아의 관심이 자신을 떠난 것을 다행스럽게 생각하며 곽
장수가 말했다.

"언제까지라도 이곳에서 편히 지내시면 됩니다. 불편한 점
이 있으면 언제든 말씀해 주십시오."

"감사합니다, 곽 대협."

"대… 대협……."

곽장수의 호흡이 다시금 가빠졌다.

유청림 일행이 옥화산에 도착한 첫날이 그렇게 지나가고 있었다.

* * *

산하 일행은 어둠이 도둑처럼 슬그머니 처마 끝을 찾아들 무렵 섬서성 남부의 대도시 석천(石泉)에 도착했다.

의창을 떠난 지 근 한 달 만이었다.

그즈음 계절은 가을의 한복판을 지나 끝을 향해 달려가고 있었다.

"대랑, 객잔 지났습니다. 어디를 가시는 겁니까?"

석천의 남부대로를 따라 걷던 산하가 사마화정에게 물었다.

남부대로는 남문을 들어선 후 시작되는 폭 칠 장 너비의 큰 길을 일컫는 말로, 대로의 양쪽은 객잔과 작은 음식점, 잡화를 파는 상점들로 가득 차 있었다.

"일각 정도만 더 가면 제자 녀석이 운영하는 곳이 있어요. 생판 처음 가는 곳보다 그곳이 훨씬 나을 거예요."

사마화정은 여전히 죽립 면사를 쓰고 있었다.

"형님, 그렇게 하시죠. 누님이 모시고 싶어하시잖아요."

맞장구를 치는 화태건의 음성은 밝았다.

기대를 숨기지 않는 어투였다.

허구한 날 햇볕을 받으며 대륙을 가로지르느라 화태건의 분을 바른 듯 뽀얗던 피부도 구릿빛이 되었다. 사마화정은 그런 화태건이 건강하고 사내다워 보인다고 좋아했다.

동행하는 동안 사마화정의 말이라면 끓는 물속이라도 뛰어들 지경이 된 화태건도 자신의 변화를 대단히(?) 긍정적으로 받아들였다.

산하는 화태건의 기대에 찬 눈빛과는 다르게 불안한 눈빛으로 사마화정을 보았다.

화태건은 아직도 사마화정의 정체를 제대로 알지 못했다.

하지만 산하는 안다.

그녀가 열락궁의 태상궁주라는 것을. 더해서 그녀의 성격과 그를 위하는 마음까지도.

"다른 곳으로……."

"주공을 좋은 곳으로 모시고 싶은 제 작은 바람마저도 외면하시렵니까?"

걸음을 멈추고 돌아선 사마화정의 목소리는 소리에서 눈물이 나는 게 아닌가 의심스러울 정도로 애달팠다.

화태건의 눈에는 벌써 눈물이 그렁그렁하지 않은가.

산하는 큰 눈을 껌벅이며 뒷머리를 긁적였다.

저렇게까지 말하면 거절하기가 어려웠다.

그에게 사마화정은 시녀가 아니라 스승의 하나뿐인 양녀

였다. 그녀를 함부로 부릴 생각 같은 건 꿈에도 해보지 않았다. 당연히 그녀가 요구하는 건 거의 다 받아들여졌고.

사마화정은 그렇게 생각하지 않았지만 실질적으로 두 사람은 서로를 모시는 기묘한 관계였다.

사마화정이 걸음을 멈춘 곳 앞에서 산하는 한숨을 내쉬었고, 화태건은 눈이 휘둥그레졌다.

청연각(淸宴閣).

수백여 평 대지를 둘러싼 담장의 안쪽에 자리 잡은 화려한 삼 층 건물은 석천 일대에서 최고라 불리는 기루였다.

"드시지요."

안에서 사람이 나오자마자 사마화정은 옆으로 비켜서며 산하 앞에 길을 내줬다.

"대랑, 여긴……."

"제가 갖고 있는 많은 집 중 한곳입니다, 주공. 시녀의 집이라고 마다하시렵니까?"

이건 거의 협박 수준이다.

"쩝."

산하는 혀를 차며 문을 넘어섰다.

문 안쪽에 서 있던 서른가량의 여인 모량은 영문을 모르겠다는 눈빛으로 세 사람을 보았다.

산전수전 다 겪은 그녀다.

분위기 파악이야 언뜻 훑어보는 걸로 족했다.

철탑을 연상시키는 흑의인은 들어오고 싶어하지 않는데 죽립면사여인의 강권을 못 이기는 듯했다.

이곳은 기루다. 그런데 사내는 싫어하고 여자가 들어가자고 하다니, 머리를 올린 후 이십 년이 지난 지금까지 한 번도 접해본 적이 없는 특이한 일행이었다.

분위기야 그렇다 치고 모량은 죽립면사녀가 한 말 중 도저히 이해할 수 없는 말 때문에 묻지 않을 수 없었다.

"제 귀가 잘못된 게 아니라면 본 각이 소저의 집 중 하나라고 하신 거 같은데 무슨 말씀이신지? 그리고 소저는 뉘신지요?"

그녀의 말투는 정중했다.

죽립면사에 가려져 있어 얼굴을 볼 수는 없었지만 사마화정의 몽환적이면서도 신비로운 분위기는 여전했다.

"양선화 있지?"

질문을 받은 모량의 어깨가 흠칫하며 굳어졌다.

그녀의 정중함이 도를 더했다.

"루주님과 어떤 관계이신지?"

"제 할 일 제대로 하는 사람을 문파에 세웠네. 양선화가 일은 잘하는구나."

사마화정의 목소리에서는 웃음이 묻어났다.

그녀가 말했다.

"볼기 때리던 사람이 왔다고 전하거라."

"예?"

모량은 황당하다는 얼굴로 되물었다.

청연루주인 양선화의 나이는 삼십대 후반이었다. 남에게 볼기를 맞을 사람도 아니었다. 더구나 상대의 목소리로 추정되는 나이는 아무리 많게 잡아도 이십대 중반을 넘지 않았다.

"그렇게 말하면 안다."

사마화정의 말투는 계속해서 부드러웠다.

저러다 모량이 한 대 맞을지도 모르겠다는 걱정을 하며 두 사람을 지켜보던 산하가 어리둥절할 정도였다.

'감 궁주를 대하실 때와는 너무 다른데? 그래도 기분 내키는 대로만 하지는 않으시니 다행이다.'

사실은 그의 생각과 조금 달랐다.

전의 사마화정이었다면 모량과 이런 대화를 나누지도 않고, 바로 루주의 거처로 난입했을 것이다.

그녀는 되도록 사고치지 말자고 다짐한 상태였다. 백흠을 쓰러뜨린 직후에 한 결심이었다. 남의 이목을 끌어 산하를 불편하게 만들고 싶지 않다는 배려에서 나온 결심이었고, 그녀는 자신의 결심을 실천하는 중이었다.

모량은 고개를 갸웃하다가 물러났다.

기묘한 일행에, 기묘한 언행을 하는 사람들이었지만 함부로 대할 수 없는 사람들이었다. 이런 사람들은 루주가 직접 상대하는 것이 나았다.

모량이 사라진 지 열을 세기도 전에 안쪽에서 우당탕 하는 소리가 났다.

파라락!

옷자락 휘날리는 소리도 함께 났다.

맨발의 삼십대 궁장미부가 자색 궁장 자락을 휘날리며 정신없는 얼굴로 뛰어왔다.

사마화정의 앞에 도착한 여인은 쿵 소리를 내며 무릎을 꿇고 머리를 조아렸다.

그녀를 모셔온 모량이 화들짝 놀랄 정도로 거친 기세였다.

"태……."

"그만. 보는 눈이 많구나."

"모시겠습니다."

벌떡 일어난 여인, 양선화는 사마화정을 안내했다. 산하와 화태건은 그 뒤를 따랐고.

양선화가 일행을 안내한 곳은 삼 층 건물의 뒤에 자리 잡은 별원이었다.

청연각은 전면에 삼 층 건물이 한 동 있고, 건물 뒤편에 정원이 딸린 세 개의 별원이 따로 자리 잡은 구조였다.

"석천지부장 양선화가 태상궁주님을 뵙습니다."

양선화는 의자에 앉지도 못한 채 바닥에 무릎을 꿇고 앉았다. 고개도 들지 못했다. 그러면서도 그녀는 끊임없이 산하를 곁눈질했다. 호기심이 가득 찬 눈빛이었다.

산하와 화태건은 어색해했지만 사마화정은 당연하게 받아들였다.

양선화는 감소영의 정식 제자는 아니지만 그녀에게서 무공을 배웠다. 태상궁주와 수하의 관계를 떠나더라도 사마화정에게 양선화는 사손뻘이었다.

사마화정이 말했다.

"소영이에게서 연락은 받았느냐?"

"예."

"어디쯤이라더냐?"

"서신을 보내셨을 때 평리라 하셨습니다. 이틀 전에 받았으니 재촉하셨다면 내일 정오쯤 이곳에 도착하실 수 있을 겁니다."

"알았다."

고개를 끄덕인 사마화정이 산하에게 말했다.

"주공, 이곳에서 이틀 정도 쉬고 모레쯤 출발하시지요."

양선화의 눈동자가 태풍을 맞은 갈대처럼 흔들렸다.

감소영의 서신에서 대략적인 얘기를 들어 알고 있기도 했고 마음의 준비도 하긴 했다. 그러나 눈앞에서 사마화정이 흑의인에게 주공이라 부르는 것을 실제로 듣게 되자 그녀가 받은 충격은 상상 이상으로 컸다.

"만나야 할 사람이 있으신 겁니까?"

"예, 제 사손 되는 아이가 이곳으로 오고 있습니다."

산하는 사마화정의 속을 알 수가 없어 가만히 그녀의 눈을 들여다보았다.

급한 일이 없어 한가롭게 길을 가는 와중이라 해도 그가 사마화정의 사손을 기다려야 할 이유는 없었다. 더구나 이곳은 말로만 듣던 기루다.

열락궁 휘하 거점 중의 하나라는 것을 알게 되었기에 크게 거부감은 없었다. 강권 비슷한 것을 거절하지 못해 들어온 터라 하루 정도 머물 생각도 했다. 하지만 돌아가신 스승을 생각하면 이틀씩이나 머무는 건 아무래도 불편했다.

"모레 출발하는 건 상관없습니다. 그렇지만 이곳에서 계속 머무는 것은 좀 불편합니다. 오늘은 이곳에서 자고 내일은 다른 객잔에서 머물겠습니다."

사마화정은 이곳에 대한 산하의 은근한 거부감이 잘 이해가 가지 않는다는 얼굴이었다.

'그분의 진전을 이으셨다면 성격도 어느 정도 물려받으셨을 텐데 왜 이러실까?'

동행한 지가 벌써 한 달이다.

산하가 말과 마음이 다르지 않은 성격이라는 것도 파악했다. 그래서 기루에 대한 산하의 거부감이 더 이해하기 어려웠다.

산하가 유 노야라 부르는, '그'는 여자 없이는 잠을 이루지 못할 정도였고, 영웅호색이라는 경구를 금과옥조로 여기며 그녀와 헤어지던 무렵까지도 온몸으로 그것을 실천하며 산 사내였기 때문이다.

'소주인이 소림의 무공을 익힌 것과 관련이 있나? 혹 그분보다 소림무공을 전수한 자의 영향을 더 받으신 건가?'

생각을 이어가던 사마화정의 입가에 미소가 떠올랐다.

'누구의 영향을 많이 받았든 아무려면 어때. 소주인께서 불문에 든 것이 아닌 이상 세상의 즐거움을 누리게 해드리는 것이 시녀의 본분!'

"선화야, 주공께서는 식전이시다. 상을 들여라."

"예, 태상궁주님."

양선화는 쏜살같이 밖으로 뛰어나갔다.

잠시 후 하녀들이 들락날락하며 탁자 위에 온갖 종류의 음식을 늘어놓았다.

술은 산서의 명주라는 분주였고, 입가심하라고 가져다 놓은 차호에서 퍼지는 향기는 절강의 명차 용정이었다.

"꿀꺽!"

그동안 산하를 따라다니느라 되는대로 식사를 해온 화태건의 목이 쿨렁거렸다.

이만한 진수성찬은 그가 집에 있을 때도 쉽게 접하지 못했다.

그런데 음식이 끝이 아니었다.

"선화야."

"예."

"주공께서 오는 걸 아이들도 보았지?"

"대부분 보았을 겁니다."

"지원하는 아이 중 골라서 열 명만 들여보내라."

그녀의 말뜻을 대번에 알아들은 양선화가 밖으로 나갔다.

아무 생각 없이 젓가락을 들던 산하와 화태건은 서로를 마주 보며 눈을 껌벅였다.

사마화정의 말이 무슨 뜻인지 이해를 못한 것이다. 하지만 그들도 곧 사마화정이 양선화에게 지시한 일이 무엇인지 알 수 있었다.

"아이들을 들여보내겠사옵니다."

밖에서 양선화의 신중한 음성이 들려오고 문이 열렸다.

화태건의 두 눈이 점점 커졌다.

청홍백자남……

화사한 궁장을 차려입은 열 명의 여자가 차례로 들어와 문 앞에 늘어섰다.

기루에 있는 여인들이었지만 대단한 미인들이었고, 배움이 적지 않은 듯 천박하지 않고 기품이 있었다.

여인들은 긴장된 기색이었지만 한편으로는 즐기는 듯도

했다. 산하를 보는 여인들의 눈에서 은근한 열기가 흘러나왔다.

그녀들은 일반 기녀가 아니었다.

열락궁의 정식 궁도들이었다.

열락궁은 여인들만으로 이루어진 문파다. 그리고 열락궁의 주 수입원은 기루였으며, 궁도들 대부분은 기루에 몸담은 기녀들이었다.

여기까지 이야기하면 대부분의 사람들은 한이 많은 여인들이 모여서 열락궁을 만들었다고 생각할 것이다. 그러나 사실은 그것과 천양지차로 달랐다.

그 차이는 열락궁을 개파한 조사, 그러니까 사마화정으로부터 비롯되었다.

그녀는 남자와 마찬가지로 여자도 괜찮은 남자를 유혹해서 품에 안을 권리가 있다는 신념을 갖고 평생을 살았다. 그 신념에 공감하는 여인들이 그녀를 중심으로 모여서 만들어진 문파가 열락궁이었다. 그래서 열락궁이 운영하는 기루는 청루도 아니고 홍루도 아니었다.

사내들은 열락궁의 궁도들에게 간택받기 위해서 열락궁 소속의 기루를 찾았다.

황제라도 열락궁도가 마음에 들어하지 않으면 여인을 안을 수 없는 기루가 바로 열락궁 소속의 기루들이었다.

사마화정이 양선화에게 산하를 마음에 들어하는 여인을

들여보내라고 한 이유였다.

"대랑, 이게 무슨 일… 입니까?"

산하는 놀라 젓가락질하는 것도 잊었다.

"고르시지요."

"뭘요?"

"마음에 드는 아이가 오늘 밤 주공의 시중을 들 거예요. 하나도 좋고, 둘도 좋고, 열 다 택해도 상관없어요."

사마화정은 열 명의 여인이 마음에 든 듯 흐뭇한 표정으로 말하다가 화태건에게 고개를 돌렸다.

"태건 아우님도 한 아이를 골라봐. 그 아이가 원하면 짝을 지어줄 테니까."

"…컥!"

볶은 돼지고기 한 점을 막 입에 집어넣던 화태건은 얼굴이 노래졌다. 고기가 목에 걸린 것이다.

"……."

산하도 얼굴을 붉힐 뿐 말을 하지 못했다.

산하와 화태건의 반응을 본 사마화정의 미간에 골이 파였다.

'애들이 마음에 들지 않으시나. 흠, 벗겨보면 달라지시겠지.'

사마화정은 열 명의 여인을 보며 말했다.

"벗어라!"

"예."

마치 기다리기라도 한 듯했다.

여인들의 손이 번개처럼 움직였다.

와작!

산하가 앉아 있던 의자가 요란한 소리와 함께 가루로 바스러진 것은 제일 오른편에 선 여인의 가슴이 절반쯤 드러났을 때였다.

파앗!

산하의 옆에서 두 가닥의 선연한 핏줄기가 허공을 붉게 수놓았다.

화태건의 쌍코피였다.

*　　　　*　　　　*

"놈과 한 하늘을 이고 살 수는 없다."

작고 힘없는 음성이었다.

그러나 그 목소리에 담긴 살기는 듣는 이의 소름을 돋울 만큼 무서웠다.

음성의 주인은 너른 침상 위에 누운 중년인이었다.

뼈 위에 살 거죽만 입혀놓은 듯 처참한 몰골의 중년인은 위군학이었다.

침상가에 서서 위군학의 말을 듣고 있는 문천영의 안색은 침중했다.

그가 말했다.

"공손세가의 삼공자께서 보복은 없다고 공개적으로 천명했습니다. 보주의 상세가 위중하신 터라 세가의 수뇌부에서는 더 이상 이번 사안에 대해 왈가불가하지 않겠다고 하지만, 만약 저희가 움직여 그들에게 보복하려 한다면 세가와 척을 질 수밖에 없게 됩니다, 보주님."

"쿨룩쿨룩."

위군학의 기침 소리는 격했다.

문천영은 조심스럽게 천을 들어 위군학의 입가를 닦았다.

천은 검은 피로 더럽혀졌다.

산하에 의해 단전이 파괴된 이후 위군학의 증세는 악화 일로를 걸었다.

마음을 편히 갖고 정양을 해도 몸이 나아질까 말까 한 상황에서 그는 산하에 대한 살기를 키웠다.

그것이 심화가 되어 증세를 악화시킨 것이다.

"공손무양 공자가 보복하지 않겠다고 한 것은 유씨 계집과 그 딸뿐일세. 삼공자는 그 흑의인에 대해서는 아무런 언급도 하지 않았네."

문천영의 이마에 주름이 여러 개 만들어졌다.

그는 공손무양과 산하가 어떤 대화를 나누었는지 알지 못했다. 기절해 있었기 때문이다.

하지만 듣지 못했다고 해서 복수심에 불타고 있는 위군학의 말을 온전히 믿기는 어려웠다. 설령 그 말대로 공손무양이 유청림 모녀에 대해서만 언급했다손 치더라도 그것을 숭양보가 흑의거한에게 손을 써도 된다는 뜻으로 해석하는 건 곤란했다.

아전인수 식의 해석이었다.

아마도 공손무양은 숭양보의 힘만으로는 흑의거한을 어찌할 수 없으리라 생각하고 언급조차 하지 않았으리라.

그리고 그것은 문천영이 생각할 때 부인할 수 없는 현실이었다.

위군학은 실핏줄이 터져 시뻘겋게 변한 눈으로 문천영을 올려다보았다.

"본 보의 힘만으로는 안 된다고 생각하고 있는 것인가?"

"후우."

문천영은 깊게 한숨을 내쉬었다.

직언해야 할 때였다.

위군학이 판단을 잘못하면 숭양보는 망할 수도 있었다.

흑의인은 단신으로 그것을 가능하게 할 수 있는 초강고수였다.

"맞습니다, 보주님. 본 보의 힘만으로는 그자를 어떻게 할 수 없습니다."

문천영은 위군학이 화를 내리라 생각했다. 그러나 그의 예상은 보기 좋게 빗나갔다. 위군학이 힘겹게 고개를 끄덕였던 것이다.

　"자네 말이 옳아. 본 보의 힘으로 그를 어찌하겠다는 건 망상에 불과하지. 하지만 외부의 힘을 이용한다면 꼭 불가능한 것만도 아닐세."

　"외부의 힘이라시면……?"

　이부자락 밑에 숨겨져 있던 위군학의 손이 올라왔다.

　그 손에는 단단하게 밀봉된 금낭이 들려 있었다.

　"황산 운무곡(雲霧谷)으로 가게."

　문천영의 어깨가 저절로 딱딱하게 굳어졌다.

　그가 물었다.

　"…청부입니까?"

　"그들이라면 그자를 죽일 수 있을 걸세."

　위군학은 힘겹게 말한 후 눈을 감았다.

　그의 낯빛은 시신처럼 창백했다.

＊　　　＊　　　＊

　"주공, 잘못했어요. 그냥 저를 몇 대 때리고 용서해 주시면 안 될까요?"

　새벽의 여명을 뚫고 울려 퍼지는 울먹울먹한 음성.

후원의 별채로 들어서던 종초희는 자신의 귀를 의심했다.

분명 자신이 알고 있는 사람의 음성이었다. 하지만 그 사람은 천하의 누구에게도 저런 식으로 말할 사람이 아니었다. 그럴 만한 대상도 없었고.

그녀는 음성의 주인을 빨리 보고 싶은 마음에 예상 시간을 반나절이나 단축해서 도착했다.

피로가 묻어나던 눈이 놀람으로 인해 반짝반짝 빛을 발했다.

'사부님의 말씀이 사실이었단 말인가?'

별채로 들어선 종초희의 두 발은 아교를 바른 것처럼 청석 바닥에 딱 고정되고 말았다.

사마화정이 청석 바닥에 무릎을 꿇은 채 닫힌 문 앞에 앉아 있는 광경을 본 것이다.

"사… 사조님…….."

사마화정은 종초희가 도착한 것을 이미 알고 있었던 듯 그녀를 일별하고는 다시 고개를 돌렸다.

"주공, 다음에는 제가 더 어여쁜 아이들로 준비할게요. 주공의 눈이 그리 높으실 줄 정말 몰랐어요. 물론 제가 늘 옆에 있는 탓에 어지간한 아이들이 눈에 차지 않는 건 당연하긴 하지만… 제발 용서해 주세요. 다음에는 더 잘 준비할게요."

콰당!

문이 활짝 열렸다.

종초희는 흠칫했다.

문을 가득 채운 흑의인의 장대한 체구를 보자 순간적으로 숨이 막혀왔다.

그녀는 사마화정과 감소영이 공들여 키운 차대의 열락궁주다.

보통 사람의 체구가 아무리 크다 해도 숨이 막힐 까닭이 없다.

사내는 체구만 장대한 것이 아니었다. 전신에서 흘러나오는 기세 또한 장대했다.

"대랑!"

"예."

사마화정은 고개를 번쩍 들었다.

눈이 반짝이고 있었다.

산하는 고개를 절레절레 저으며 말했다.

"기녀들이 예쁘고, 예쁘지 않고의 문제가 아니지 않습니까!"

"방을 박차고 나가신 이유가 그게… 아니셨어요?"

"… 대랑, 저는… 어휴……."

설명을 하려던 산하는 어깨를 떨어뜨리며 한숨만 내쉬었다.

유 노야에게서 사마화정의 성격이 어떤지, 또 어떻게 살았는지를 상세하게 들은 그였다.

그가 여자에 대해 어떤 생각을 갖고 있는지 다른 사람에게라면 몰라도 그녀에게는 설명하기가 정말 난해했다.

"그냥, 제가 먼저 원하기 전에는 대랑이 나서서 아까와 같은 상황을 만들지 않겠다고만 약속해 주세요. 건아는 피를 너무 많이 흘려서 아직도 정신을 차리지 못하고 있지 않습니까."

"그럼 용서해 주시는 거죠?"

"예."

"약속할게요."

말은 너무나 쉽게 나온다.

사마화정은 활짝 웃으며 자리에서 일어났다.

"주공께서도 안에서 들으셨겠지만 기다리던 제 사손이 왔어요. 이름은 종초희예요."

그녀의 시선이 종초희를 향했다.

"인사드려라. 주공이시다."

종초희는 딱딱하게 굳은 얼굴로 산하에게 대례를 올렸다.

산하는 마주 포권했다.

사마화정에게 왜 사손을 불렀는지, 자신에게 왜 소개를 시키는지 물어볼 생각도 하지 않았다.

두 손 두 발 다 든 것이다.

찾아온 시점이 엉뚱해서 종초희에게 제대로 시선을 한 번도 주지 못했던 산하는 포권을 풀며 종초희를 보고 그 미모에 감탄하지 않을 수 없었다.

그가 살아오며 본 최고의 미인은 앞의 사마화정이었다. 종초희의 미모는 사마화정에게 뒤지지 않았다. 사마화정의 아름다움이 들꽃처럼 자유분방하다면 자색 궁장을 입은 종초희는 잘 다듬어진 정원의 만개한 꽃처럼 화사한 아름다움의 소유자였다.

하지만 감탄은 오래가지 않았다.

산하의 눈빛이 담담해졌다.

종초희에 대한 산하의 반응을 몰래 살피던 사마화정의 눈에 실망의 기색이 번졌다.

'목석이시네. 주인님 영향을 받아서는 절대로 저럴 수 없고… 소림무공을 전한 자의 영향인가? 대체 어떤 놈일까? 아주 그냥 쌍으로 주리를 틀고 껍질을 벗겨서 끓는 물에 처넣을 놈. 소주인은 한창 여자에 관심을 보일 나이신데, 초희를 보고도 저런 반응밖에 나오지 않게 만들어놓으면 어쩌자는 거야!'

"초희야."

종초희를 부르는 사마화정의 목소리에 남들은 절대로 알 수 없는 분노가 서렸다.

긴장한 종초희의 음성이 높아졌다.

"예, 사조님."

"앞으로 주공의 식사와 옷가지는 네가 챙기거라."

"예?"

열락궁의 유일무이한 공주로 존중받으며 성장한 사람이 종초희였다.

"무슨 말씀이신지……?"

"주공은 객잔보다 노숙을 좋아하시거든. 내가 지금까지 밥하고 빨래했다. 앞으로도 계속… 내가 할까?"

사마화정의 눈이 가늘어졌다.

"헉!"

종초희는 자신도 모르게 새어 나오는 비명을 간신히 참았다.

"알… 겠습니다, 사조님."

사마화정은 종초희를 눈에 넣어도 아프지 않을 만큼 귀여워했다. 하지만 대우는 감소영이나 별반 다르지 않았다.

그녀도 사마화정에게 종아리를 많이 맞으며 컸다.

산하의 용서를 받은 사마화정은 콧노래를 부르며 방으로 돌아갔다. 사손이 도착했는데도 따로 불러 얘기할 생각도 없는 듯했다.

산하도 종초희도 그것을 이상하게 생각하지 않았다.

산하는 그녀의 독특한 성격에 어느 정도 적응이 되어서였고, 종초희는 애초부터 사마화정이 그런 성격이라는 것을 알고 있어서였다.

사마화정의 모습이 사라진 후 산하가 쓴웃음을 지으며 종초희에게 말했다.

"대랑의 말씀은 흘려들으십시오."

"하아⋯⋯."

종초희는 한숨을 내쉬었다.

"말씀처럼 쉽지가 않으니 문제지요."

말투에 은근히 날이 서 있었다.

산하는 뒷머리를 벅벅 긁었다.

그녀의 심정을 너무나도 잘 이해할 수 있었기 때문이다.

언뜻 보아도 종초희는 손에 물 한 번 묻히지 않고 큰 여인이었다.

그런 여인이 밥하고 빨래를 한다?

스스로도 받아들이기 힘들 터였다.

그러나 사마화정이 늘 옆에 있을 텐데 그녀의 지시를 어떻게 이행하지 않을 수 있겠는가.

종초희가 물었다.

"정말 사조님께서 밥을 하고 빨래를 하셨나요?"

"⋯워낙 막무가내이신 분이라 말릴 방법이 없었습니다."

"그럴⋯ 수가⋯⋯."

종초희는 입만 벙긋거릴 뿐 말을 제대로 하지 못했다.

충격을 받은 것이다.

열락궁 내뿐만 아니라 천하무림에서 사마화정이 차지하고 있는 위상을 생각한다면 가히 있을 수도 없고, 있어서도 안 되는 일이었다.

과연 누가 이 일을 믿을 수 있을 것인가.

하지만 종초희는 믿었다.

사마화정이 무릎을 꿇고 울먹이는 장면을 두 눈으로 본 지 일각도 채 지나지 않았다.

"사조님께서 그처럼 존숭하시는 분이니 제 마음이 어떻든 실수를 해서는 안 되겠죠. 후우⋯⋯."

종초희의 한숨 속에는 암담해하는 지금의 심정이 그대로 담겨 있었다.

그녀가 물었다.

"사부님께서도 사정을 모르시더군요. 사조님과 소협의 관계를 알 수 있을까요?"

"미안합니다."

산하의 대답은 완곡한 거절이었다.

그때였다.

"초희야, 주공이시다. 한 번만 더 소협이라고 부르면 발가 벗고 석천을 열 바퀴 뛰게 해주마!"

맑은 음성이 두 사람의 귓전을 천둥처럼 두드렸다.

사마화정의 목소리였다.

종초희의 안색이 확 변했다.

사마화정의 음성은 조금 낮았다. 마치 속삭이는 듯한 느낌이었는데, 사마화정이 진심으로 화가 났을 때 내는 음색이었다.

그녀가 화를 내면 아무도 뒷감당을 하지 못한다.

종초희는 바로 무릎을 꿇었다.

"잘못했습니다, 사조님. 명을 따르겠습니다."

"쩝."

산하는 혀를 찼다.

그를 중심으로 이루어지는 일임에도 그가 개입할 여지는 없었다.

사조와 사손, 즉 사문 내의 일인 것이다.

그가 사마화정을 단순한 시녀로 여긴다면 물론 사정은 달라지겠지만.

두 사람의 관계를 떠나서 그는 사마화정이 무엇을 하든 될 수록 간섭하지 않고자 했다.

사마화정은 그가 죽으라면 정말로 죽을 여인이었다. 그것도 진심으로.

반드시 자신이 나서서 제지해야만 하는 상황이 아니라면 그는 사마화정이 하고 싶은 걸 말릴 생각을 갖고 있지 않았다.

그가 말했다.

"종 낭자, 먼 길 오느라 고생하셨습니다. 잠시라도 들어가 쉬십시오. 두어 시진 뒤에 출발할 거니까 가면을 취하거나 운기행공이라도 해서 몸을 추슬러야 할 겁니다."

종초희는 일어나지 않았다.

기다리던 음성은 산하의 것이 아니었기에.

숫자 서넛을 쉴 시간이 지났을까.

사마화정의 속삭이는 듯한 음성이 다시 두 사람의 귀를 파고들었다.

"초희야, 주공께서 들어가라고 하시지 않느냐. 같은 말씀을 반복하시게 하는 것도 불충이야."

벌떡.

종초희는 산하에게 허리를 숙여 인사했다.

그녀로서는 이해할 수 없는, 실로 불가사의하다고밖에 할 수 없는 상황이었다.

'시간이 필요해. 지금은 사조님 말씀을 따르는 수밖에 없어. 하지만……'

허리를 펴고 돌아서는 종초희의 아름다운 두 눈에 야무진 빛이 스쳐 지나갔다.

산하가 청연각을 떠난 것은 그날 아침 진시 중엽(오전 8시경)이었다.

도착할 때와는 달리 죽립 면사를 쓴 여인의 숫자가 한 명 더 늘었다.

사마화정과 같은 이유로 새롭게 합류한 종초희도 죽립 면사를 쓴 것이다.

종초희라는 절세미녀가 합류했지만 산하의 행로는 달라지지 않았다.

그는 길을 무시하고 서북방을 향해 직진했다.

마을이 나오면 객잔에서 잘 수 있었지만 대부분은 평원이나 산속에서 자야 했다.

길을 따라가는 것이 아니었기 때문에 노숙은 피할 수 없는 필연이었다.

사마화정의 복장은 여전히 백의 궁장이었다. 그러나 종초희는 자의 궁장을 버리고 자의 무복을 입었다.

사마화정은 아주 오래전 궁장을 입든 무복을 입든 아무런 상관이 없는 경지에 도달했지만 종초희의 성취는 사마화정과 비교할 바가 되지 못했다.

감숙과 섬서의 경계가 가까워질수록 바람은 거세고 차가워졌다.

일행이 천양현을 지났을 때 계절은 완전히 겨울로 접어들었다.

드디어 감숙성의 경내로 들어선 것이다.

감숙의 땅을 밟았을 때 제일 감개무량해한 건 산하가 아니라 화태건이었다.

"평생 걸릴지도 모를 거라 생각했는데 해가 가기 전에 감숙 땅을 밟긴 밟는군요."

과장이 잔뜩 섞인 화태건의 밝은 음성을 들으며 산하도 활
짝 웃었다.

난주가 손에 잡힐 듯했다.

십일 년 만의 귀향이었다.

『철산대공』 3권에 계속…

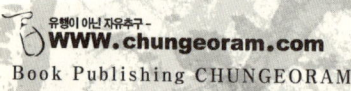

장영훈 新무협 판타지 소설

절대강호
絶代强虎

보표무적, 일도양단, 마도쟁패, 절대군림에 이은
장영훈의 다섯 번째 강호 이야기.
절대강호(絶代强虎)!!

악의 집합체 사악련에 맞선 정파강호의 상징 신군맹.
신군맹이 키운 비밀병기 십이귀병, 그들 중 최강의 실력을 지닌 적호.

*"우리가 세상을 얻기 위해 자식을 죽일 때…
그는 자식을 위해 세상과 싸우고 있어. 웃기지?"*

신군맹 후계 자리를 차지하기 위한 대공자와 삼공녀의 치열한 암투 속에서
오직 딸을 지키기 위한 적호의 투쟁이 시작된다.

*"맹세컨대, 내 딸을 건드리면…
상상도 할 수 없는 일이 벌어질 거야."*

Book Publishing CHUNGEORAM

유행이 아닌 자유추구 -
WWW.chungeoram.com

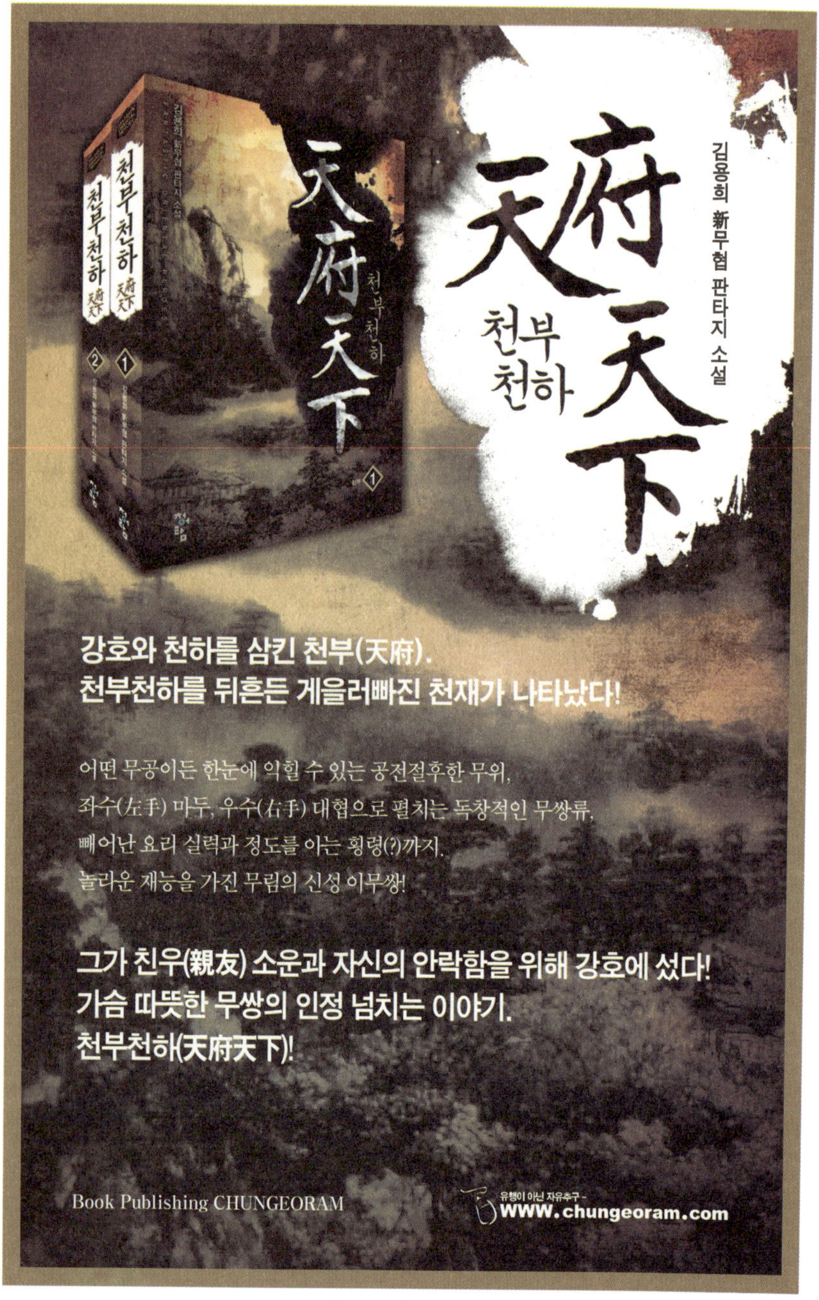

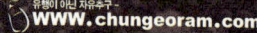

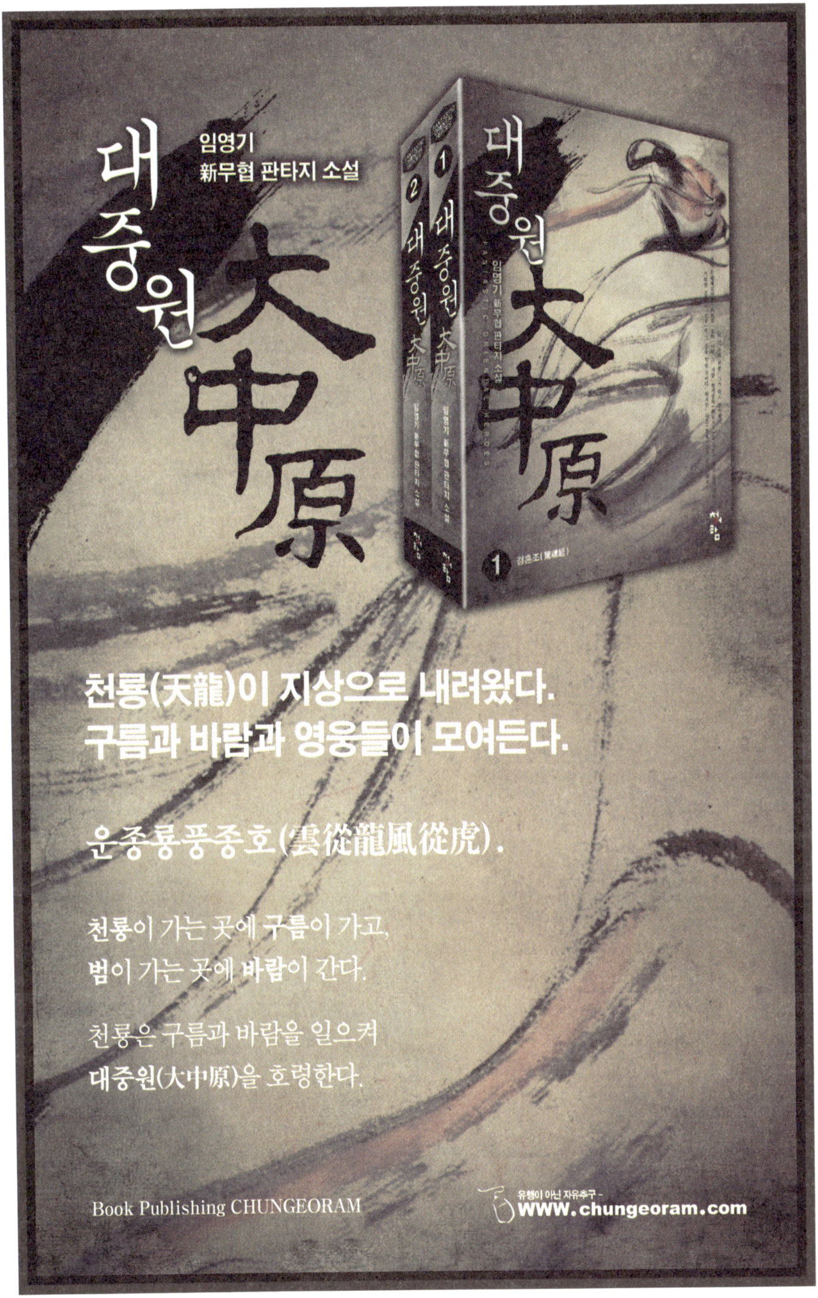
대중원 大中原
임영기
新무협 판타지 소설
천룡(天龍)이 지상으로 내려왔다.
구름과 바람과 영웅들이 모여든다.
운종룡풍종호(雲從龍風從虎).
천룡이 가는 곳에 구름이 가고,
범이 가는 곳에 바람이 간다.
천룡은 구름과 바람을 일으켜
대중원(大中原)을 호령한다.
Book Publishing CHUNGEORAM
www.chungeoram.com

Dragon order of FLAME 폭염의 용제

김재한 판타지 장편 소설

「사이킥 위저드」,「마검전생」의 작가 김재한!
그가 그려내는 새로운 액션 히어로가 찾아온다!

모든 것을 잃고 복수마저 실패했다.
최후의 일격마저 막강한 레드 드래곤 앞에서 무너지고,
죽음을 앞에 둔 그에게 찾아온 또 하나의 기회!

"네 운명에 도박을 걸겠다."

과거에서 다시 눈을 뜬 순간,
머릿속에 레드 드래곤의 영혼이 스며들었을 때,
붉은 화염을 지배하는 용제가 깨어난다!

강철보다 단단한 강체력을 몸에 두른
모든 용족을 다스리는 자, 루그 아스탈!

세상은 그를 '폭염의 용제' 라 부른다!

Book Publishing CHUNGEORAM

유행이 아닌 자유추구 -
WWW.chungeoram.com